En busca de un mañana mejor

Jessica Hintz

Published by Jessica Hintz, 2024.

EN BUSCA DE UN MAÑANA MEJOR

First edition. December 11, 2024.

Copyright © 2024 Jessica Hintz.

ISBN: 979-8230806516

Written by Jessica Hintz.

En busca de un mañana mejor

Jessica Hintz

Estados Unidos
2024

IMPRIMIR

CONTENIDO

Me presento... - ¡Oh, haz lo tuyo!

Me quedé mirando mi reflejo en el espejo, sintiendo una oleada de frustración. "Maravilloso", gemí internamente. "Esta va a ser una noche horrible". Mi insatisfacción era evidente mientras tiraba de la blusa blanca, ajustándola sobre mi cuerpo, y jugueteaba con los pantalones holgados que parecían colgarme en los lugares equivocados. Lo que sea. No iba a perder más tiempo intentando lucir perfecta. Agarré mis Chucks desgastados, los zapatos que durante mucho tiempo habían visto días mejores pero que seguían siendo mi opción, y me los puse sin pensarlo dos veces. No era como si tuviera otra opción.

Con un profundo suspiro, me subí al auto donde mi mamá ya estaba esperando, el reloj avanzaba mientras intentaba dejar la negatividad a un lado. Una vez más, me quedé atrapado en esta situación. La agenda de esta noche incluía la actuación de un coro juvenil en la llamada "velada musical". Al parecer, todos los demás pensaron que era una idea brillante. ¿Alguien se molestó en preguntarme? Ya no importaba. Ya estaba puesto en marcha. No hay marcha atrás ahora.

Mi mamá tomó el volante. El viaje fue incómodo y silencioso, y sólo la débil estática de la radio rompía la monotonía. Los siguientes 20 minutos parecieron una eternidad. Finalmente le murmuré a mi mamá un poco entusiasta: "Que te diviertas, Lola", mientras salía del auto. "Hmm", fue todo lo que logré responder, apenas reconociéndola mientras me dirigía a la escuela.

Cuando entré al lugar, una gran sala de descanso de la escuela, había un hervidero de actividad. El ruido de otros estudiantes preparándose para sus presentaciones llenó el espacio, pero nada de eso me importó.

Todo el mundo parecía muy entusiasmado, muy ansioso, pero a mí me pareció forzado. No hubo emoción ni emoción. Yo sólo estaba... aquí. Todo fue tan inútil. Al menos no era mi escuela, así que no tenía que preocuparme de que alguien me reconociera. Gracias a Dios por eso.

Rápidamente vi a mi grupo de coro juvenil entre la multitud y caminé hacia ellos, acomodándome el cabello en una trenza para pasar el tiempo. Los demás se estaban preparando frenéticamente. Lotta se movía ansiosamente, Anna se tiraba la ropa nerviosamente y Marie murmuraba las letras de las canciones una y otra vez, como una especie de canto repetitivo. Fue casi cómico. ¿Por qué todo el mundo actuaba como si éste fuera el acontecimiento del siglo? Era simplemente otra actuación que iría y vendría.

Fuimos segundos en la fila de resultados, lo que, para ser honesto, no fue mucho mejor que ser primeros. Los nervios me estaban matando. Los micrófonos estaban defectuosos, el sistema de sonido era un desastre y el público no parecía muy interesado. Por supuesto, mis temores se confirmaron en el momento en que comenzamos. Todo parecía un choque de trenes, pero ya no había forma de detenerlo.

Una vez que terminamos, no pude bajar del escenario lo suficientemente rápido. Me hice a un lado, aliviada de que todo hubiera terminado. Un banco me llamó la atención. No era exactamente cómodo, más bien una tabla clavada en la pared, pero fue lo más parecido al descanso que pude encontrar. Me dejé caer, apoyando mi espalda contra la fría y dura pared, y apoyé mis pies en el banco frente a mí. Cerré los ojos, tratando de bloquear el ruido a mi alrededor. La voz del moderador continuó anunciando la pausa. La gente se movía, charlaba entre sí o simplemente permanecía parada sin rumbo fijo. Pero yo no. No tenía con quién hablar y no me importaba.

Es esa sensación extraña cuando tienes los ojos cerrados y sientes que alguien te mira desde el otro lado de la habitación. Es como esa picazón molesta que no puedes rascarte, esa sensación molesta en el fondo de tu mente. No es que me molestara demasiado. Antes incluso de escuchar la voz, sentí su presencia: alguien estaba cerca. "¿Estás bien?"

Abrí los ojos y miré hacia arriba para ver al chico que había actuado antes como cantante. Su cabello castaño estaba revuelto de esa manera sin esfuerzo, y sus ojos azul verdosos me miraban con una mezcla de preocupación y curiosidad. Era guapo, supongo... Pero no me importaba. No es necesario ir allí.

"Sí, ¿qué quieres?" Espeté, mi voz mezclada con molestia. No estaba de humor para una pequeña charla.

Para mi sorpresa, no pareció desanimarse. En cambio, se sentó casualmente a mi lado, sonriendo como si fuera la cosa más natural del mundo. ¿En serio? ¿No había dejado claro que no estaba interesado en charlar?

"¿Por qué estás sentado aquí solo?" preguntó, como si necesitara explicarme. "¿Dónde están tus amigos?"

Agité una mano vagamente en dirección al grupo de miembros del coro. "Están por ahí, en alguna parte, tratando de encontrar a sus otros amigos". No estaba dispuesto a entrar en detalles. Sólo quería que se fuera.

"¿Y por qué no estás con ellos?" presionó, su persistencia un poco irritante.

"¿Es esto un interrogatorio?" Respondí, un poco más brusco de lo que pretendía. Pero en lugar de retroceder, simplemente se rió. El nervio.

"Si te hace sentir mejor", dijo encogiéndose de hombros. Oh, me sentí mejor, está bien. ¿Muy sarcástico?

"Bueno, entonces es mi turno de preguntarte algo. ¿Dónde están tus amigos? Respondí, decidido a cambiar la situación. Señaló hacia un grupo de chicos que estaban parados al otro lado del pasillo. Parecían sacados directamente de una película de acción: duros, rebeldes, tal vez un poco peligrosos. El tipo de grupo que llama la atención sin siquiera intentarlo.

"¿Por qué no estás con ellos?" Pregunté, genuinamente desconcertado.

"No tengo ganas", respondió casualmente, como si no fuera gran cosa. Sinceramente, no lo entendí. ¿Preferiría sentarse conmigo, alguien a quien apenas conocía, que pasar el rato con sus amigos? No tenía sentido. "Creo que te están esperando", dije, un poco exasperado. Toda la situación se volvía más extraña a cada segundo.

"Sobrevivirán", respondió con una sonrisa que sugería que no se tomaba nada demasiado en serio. En ese momento, uno de los chicos del grupo le gritó: "¡Oye! ¿Dónde estás? ¡Las vacaciones casi han terminado!

Con un suspiro, se puso de pie, claramente desinteresado en prolongar más esta conversación. "Supongo que no pueden sobrevivir sin mí", bromeó. "Nos vemos entonces". Y así, se fue para reunirse con sus amigos, dejándome sola una vez más.

"Nos vemos." Sí, sigue soñando, amigo.

Pasé el resto de la noche sentada en ese incómodo banco, mi mente divagando mientras esperaba que terminara la noche. El reloj parecía alargarse. Finalmente, cuando terminó, me encontré con mi mamá y me subí al auto para el largo viaje a casa. Otro viaje silencioso, sin nada que decirse. Cuando llegamos a casa, ni siquiera me molesté en hablar con nadie. Me dirigí directamente a mi habitación, me desplomé en la cama y rápidamente me quedé dormido. La velada había sido inútil y me alegré de que finalmente hubiera terminado.

Sueños y tonterías: ¿cuándo terminará?

L as primeras luces de la mañana apenas llegaban a la habitación, pero fueron suficientes para sacarme de la comodidad del sueño. Me froté los ojos, sintiendo el peso familiar del cansancio tirando de mí. Todas las mañanas me despertaba sintiendo como si algo que escapaba a mi control me hubiera golpeado. Me dolía el cuerpo, tenía la mente confusa y, aunque los sueños siempre eran borrosos, sabía que nunca eran placenteros. Cada noche parecía una nueva pesadilla, una nueva carga que llevaba durante el día.

Busqué a tientas, agarré mis auriculares, me subí la capucha y me colgué el bolso al hombro. La rutina habitual. El camino a la escuela fue solo otra repetición de todo lo que vino antes. Las frías puertas de hierro de la escuela se alzaban frente a mí como siempre. "Entra", parecían susurrar, "y nunca más te dejaré salir". Fue un saludo espeluznante, demasiado real, demasiado apropiado para la rutina diaria de la vida escolar. Honestamente, parecía como si las escuelas estuvieran encontrando nuevas formas de hacernos la vida miserable todos los días. Las paredes, las voces, la repetición interminable de cosas que no importaban... todo parecía estar acercándose.

Cuando crucé las puertas, me quité un poco la capucha y me ajusté el bolso al hombro. "¡Oye! ¿Cómo estuvo cantando?" La voz de Amber atravesó mis pensamientos. Ella fue una de las pocas personas que me habló como si no fuera gran cosa. "Estuvo bien", murmuré, apenas mirándola. "¿Estuviste bien?" preguntó, sabiendo ya la respuesta. "Estuvo bien", repetí. No parecía preocupada por la falta de entusiasmo.

"¿Era amable la gente?" ella volvió a sondear. Suspiré, sin saber cómo responder, pero al final, "Está bien", salió de mi boca como si fuera lo único que era capaz de decir. Uno pensaría que eso sería de mala educación, pero a Amber no le importaba. Ella era una de las pocas que podía aceptarme tal como era, sin pedir nada más. Ella continuó con entusiasmo su día y me contó cómo se compró un vestido nuevo, conoció a un viejo amigo y se rió con alguien que conocía de la escuela primaria. Era el tipo de vida que parecía muy alejada de la mía, pero al menos podía escuchar.

Mientras la maestra hablaba de la lección, Amber se inclinó y silenciosamente me pasó una nota. Lo tomé sin dudarlo y lo leí: Prisma: Volumen = Gh. Base * Altura.* Las palabras del maestro se sentían estáticas en mi mente, apenas registradas. Siempre fue así: podía desconectarme y Amber silenciosamente me ayudaba con las cosas que me perdía. Ella era dulce de esa manera.

Durante el descanso, le di un suave "gracias" de pasada. No había mucho más que decir y, de alguna manera, ese fue el final. El día se prolongó. Regresé a casa y encontré una olla de pasta esperándome, una comida que no sabía más que a insipidez. Comí sin pensar mucho en ello.

Después de eso, agarré mi cámara y me subí a mi bicicleta. Había algo en la quietud del mundo fuera de la ciudad que me calmó, así que me alejé pedaleando, dejando atrás el ruido y el caos. Los autos desaparecieron lentamente y al poco tiempo me encontré con un viejo árbol al costado de la carretera. Su corteza estaba agrietada y áspera, pero parecía el lugar perfecto para descansar un momento.

Me senté contra el baúl y traté de encontrar un tema para una foto, pero la inspiración no llegaba. Todo parecía aburrido y poco interesante. Con un suspiro, me tumbé boca arriba y miré el dosel de hojas. La luz del sol se filtraba, proyectando sombras juguetonas en el suelo. Sonriendo, tomé una fotografía, tratando de capturar la fugaz belleza del momento.

De repente, una voz me sobresaltó. "Bueno, si ese no es el sospechoso". Salté, mi corazón aceleraba en mi pecho. Delante de mí estaba el chico de la velada musical. "¿TÚ?" Tartamudeé, mi voz salió en una mezcla de shock e incredulidad.

"Sí, yo", dijo con una sonrisa, "esperaba encontrarme contigo otra vez". Su sonrisa parecía demasiado confiada, demasiado fácil, y sentí que mi pecho se oprimía por la inquietud. Rápidamente me ajusté la camiseta, esperando lucir un poco menos desaliñada. Se sentó a mi lado, con demasiada indiferencia para mi gusto. Me alejé un poco, tratando de dejar un poco de espacio entre nosotros.

"¿Tuviste una buena velada?" preguntó, con voz casual, como si ni siquiera supiera lo que era tener una mala experiencia. "¿Es eso una broma?" Respondí, el sarcasmo desapareció antes de que pudiera detenerme. "No, no lo hice". Él levantó una ceja. "Estás tan blando como ayer", comentó, con una sonrisa juguetona tirando de la comisura de sus labios.

"¿Pulposo?" Repetí con incredulidad. "¿Agua en la boca?" Jadeé, totalmente rebelada. Su sonrisa se hizo más amplia, claramente divertida por mi incomodidad. Podía sentir mi cara enrojecerse. "Bueno, gracias, Sr. Oberlust", dije, tratando de mantener el tono ligero pero sintiéndome nada divertido.

Se inclinó y me dio unos golpecitos suaves en la nariz. "¿Verás? Estás empapado". Retrocedí, pero antes de que pudiera responder, él se puso de pie, con una expresión traviesa en su rostro. "Tengo que seguir adelante. Nos vemos", dijo, volviendo a subirse casualmente a su bicicleta y alejándose pedaleando. No sé por qué, pero le tomé una foto mientras se alejaba, y la lente lo capturó a la luz mortecina de la tarde.

Cuando llegué a casa, lo primero que escuché fue a mi madre llamándome para ayudarme a lavar los platos. No dije nada. Simplemente hice lo que me pidió, sintiendo el peso de su silencio, la forma en que nunca me preguntó sobre mi día, mis pensamientos o cualquier cosa que importara.

"¿Cómo estuvo la escuela?" preguntó, como si fuera sólo otra pregunta en una lista de verificación. "Está bien", murmuré en respuesta.

Silencio. "¿Tienes mucha tarea?" ella presionó. "Está bien", respondí, sin querer dar más detalles. Silencio de nuevo. "¿Tienes que estudiar mucho?" —Preguntó, pero para entonces ya estaba mentalmente fuera de control. "Mmm." Eso fue todo lo que dije antes de retirarme a mi habitación.

La tarea no era precisamente difícil, pero tampoco me interesaba. Trabajé en las tareas que eran bastante fáciles y dejé el resto para otro momento. Pero todo el tiempo mi mente divagó, perdida en pensamientos que no podía deshacerme del todo. Llegó la noche y, mientras yacía en la cama, podía oír a mi madre moverse por la casa, ocupándose de sus propios asuntos. Me acurruqué, tratando de bloquear el ruido, y pronto me quedé dormido en un sueño incómodo.

Al día siguiente, la escuela se sentía tan insoportable como antes. La voz de la maestra era un zumbido interminable mientras me sermoneaba frente a la clase, quejándose de mi falta de esfuerzo. "...y es por eso que voy a llamar a tus padres si tu comportamiento laboral no cambia", dijo. Asentí, sin escuchar realmente. Ya conocía el ejercicio. A mi madre no le importaba la escuela y las palabras de la maestra eran solo amenazas vacías.

Por la tarde, escapé de las puertas de hierro de la escuela y tropecé con alguien. "Lo siento", murmuré, tratando de pasar, pero alguien me agarró del brazo. "¿No eres tú...?" La voz me resultó familiar y me quedé paralizado. Era él otra vez. El chico del parque. "Hola, acusado", dijo riendo. Maldije en voz baja y miré hacia arriba. "¿Qué estás haciendo aquí?" Pregunté, con un nudo formándose en mi estómago.

Antes de que pudiera procesar algo, una chica corrió hacia él y le echó los brazos al cuello. Parecían tan felices, tan perfectos juntos. Y así, se fueron, dejándome allí de pie sintiéndome pequeña e insignificante.

E irónicamente, fue en ese preciso momento que me di cuenta de algo. Estaba enamorado.

No importa lo que dije... - ¡No estoy enamorado!

Amber, con su habitual perspicacia, notó casi al instante que algo andaba mal. Sus ojos eran agudos y captaban cada detalle que esperaba que no captara. Sin perder el ritmo, preguntó: "Entonces, ¿quién es?". Su sonrisa era amplia, su emoción palpable, como si hubiera descubierto un secreto jugoso. Dudé. "No lo sé", murmuré, sintiendo el peso de las palabras incluso cuando salían de mi boca.

Sus cejas se fruncieron, claramente confundidas por mi respuesta. "Espera, ¿cómo es que no lo sabes?" preguntó, su voz teñida de incredulidad. "¡No es posible estar enamorado de alguien y no saber quién es!"

Suspiré, sintiendo el familiar nudo de frustración retorcerse en mi estómago. "Simplemente no lo sé. Es... complicado", tartamudeé, tratando de ignorar la incomodidad.

La curiosidad de Amber no hizo más que crecer. "Pero... si te gusta, debes saber quién es, ¿verdad?"

Me mordí el labio. "Lo conocí en la velada musical. Y me he topado con él varias veces desde entonces. Pero creo que tiene novia... —Me detuve, el peso de la situación presionándome.

Amber dejó escapar un suspiro dramático, como si acabara de escuchar la historia más triste del siglo. "Oh, desafortunada en el amor", dijo con exagerada lástima, su tono rezumaba simpatía.

"¿Desafortunado en el amor?" Repetí, incrédulo. "¿Qué tonterías estás diciendo? Probablemente simplemente estoy molesto con él".

Me di la vuelta, tratando de sacar la conversación de mi cabeza, pero la mirada de Amber se detuvo en mí. Podía sentir su duda, pero no importaba. Ella simplemente estaba siendo Amber, como siempre, tratando de hacer algo de la nada.

Pero en el fondo sabía que no era tan sencillo. Ese chico (no, ya ni siquiera podía pensar en él como un simple chico) se había metido bajo mi piel de una manera que no podía explicar. Cuanto más intentaba convencerme de que no era nada, más no podía evitar la sensación de que lo era todo.

Me quedé en casa al día siguiente. No podía enfrentarme a la escuela, no cuando todos mis pensamientos estaban enredados en él.

La tarde se prolongó y estaba a punto de perderme en mis pensamientos cuando sonó el timbre, devolviéndome a la realidad con una sacudida. Gruñendo, caminé hacia la puerta, medio esperando que fuera mi mamá recordándome que hiciera algo.

Pero en cambio, era Amber, parada en el umbral de mi puerta con una sonrisa traviesa plasmada en su rostro. "Oye, vine a ver cómo estás", dijo. "Y traje a alguien conmigo".

Parpadeé confundido cuando ella se hizo a un lado, revelándolo. Sí, él, el chico de la velada musical. El que había estado atormentando mis pensamientos.

Lo miré fijamente durante un largo momento y de repente el corazón latió con fuerza en mi pecho. "¿Qué estás haciendo aquí?" Pregunté, mi voz salió más aguda de lo que pretendía.

Antes de que pudiera responder, una chica apareció a su lado y le echó los brazos al cuello, riendo y charlando con él como si fueran viejos amigos. Se me revolvió el estómago al verlos y de repente me sentí fuera de lugar en mi propia casa. Se veían tan... felices juntos. Me hizo sentir como un extraño en mi propia piel.

Y, sin embargo, allí estaba otra vez: la punzada aguda de algo que no quería admitir. ¿Celos? ¿Anhelo? ¿Deseo? No sabía qué era, pero sentí como un cuchillo retorciéndose en mis entrañas.

Me quedé congelada mientras intercambiaban palabras y mi mente comenzó a correr. ¿Tenía una hermana? Eso no tenía sentido. No es posible que tenga una hermana. Se suponía que era mío... Pero no, eso era ridículo. Ni siquiera sabía su nombre.

Amber me miró y su sonrisa se hizo más amplia como si supiera exactamente lo que estaba pensando.

"Sabes, escuché que ibas a recoger a tu novia de la escuela", dijo Amber, con voz ligera y burlona.

Le lancé una mirada furiosa, deseando que simplemente se detuviera. Esto no fue un juego. Pero luego la miró y la confusión apareció en sus ojos antes de responder.

"No, esa es mi hermana", dijo riendo.

Hermana. Eso fue todo. Sólo su hermana. Y, sin embargo, el peso de esa simple palabra flotaba en el aire, y sentí algo parecido al alivio mezclado con la amargura en mi pecho. Entonces, él no estaba en una relación. No estaba indisponible.

Podía sentir mi cara sonrojarse y el calor subiendo a mis mejillas. ¿Qué estaba pensando? No estaba enamorado. No podría serlo. No con alguien a quien apenas conocía, alguien que estaba fuera de mi alcance, alguien que probablemente ni siquiera sabía que yo existía.

Aún así, había una extraña calidez en mi pecho cuando me miró de nuevo. La forma en que sonrió, la forma casual en que rozó su brazo contra el mío cuando se fue. Intenté ignorar el revuelo que se desató en mi estómago.

Amber, como siempre, no se dio cuenta de mi confusión interior. Estaba demasiado ocupada asegurándose de que tuviera algo de comer y beber para nuestra pequeña reunión improvisada. Ella seguía charlando y yo estaba allí, un observador silencioso, tratando de ignorar la creciente sensación de inquietud que hervía bajo mi piel.

Al día siguiente, me arrastré de regreso a la escuela. No podía dejar que Amber viera lo mucho que estaba luchando con todo este asunto. No podía dejar que nadie supiera que estaba pensando en él. Y, sin embargo, ahí estaba yo, tratando de actuar con normalidad cuando mis pensamientos eran todo lo contrario.

Cuando entré a clase, el habitual murmullo de charla llenó la sala, pero todo era distante para mí. Apenas estaba prestando atención, distraída pensando en él.

Amber me dio un codazo de repente, señalando hacia la ventana. Mis ojos siguieron su dedo y mi corazón se detuvo en mi pecho.

Allí estaba él. Por supuesto que lo era.

Parado afuera, como antes, con su hermana a su lado. Se reían juntos y no pude evitar sentir una punzada de algo que no podía nombrar.

"¿Por qué está él aquí?" Susurré, mi voz apenas audible incluso para mí.

Amber sonrió, claramente disfrutando de mi incomodidad. "Supongo que te está esperando", bromeó.

No estaba segura de si lo estaba imaginando, pero podría haber jurado que lo vi mirar en mi dirección. Mi corazón dio un vuelco y rápidamente giré la cabeza, concentrándome en mi cuaderno frente a mí, como si eso pudiera hacer que la sensación desapareciera.

Sonó el timbre, señalando el final de la clase, pero no podía concentrarme. Intenté mantener la cabeza gacha, con la esperanza de pasar desapercibida, pero entonces oí su voz.

"¡Oigan, criminales!" gritó, su voz lo suficientemente fuerte como para llamar la atención. El resto de la clase se giró para mirarnos y yo quise hundirme en el suelo.

Me volví para mirarlo lentamente, tratando de enmascarar el pánico que amenazaba con apoderarse de él. "¿Sí?" Pregunté, manteniendo mi tono lo más neutral posible.

"Te estaba esperando. Me alegro de que estés sano otra vez", dijo con una sonrisa y sus palabras se sintieron como un puñetazo en mi pecho. "Ah, y esta es mi hermana, Nacera".

Nacera, la chica que lo había abrazado antes. Ella me lanzó una mirada rápida y crítica antes de forzar una sonrisa que no llegó a sus ojos. Todo era tan falso, tan incómodo.

Mientras él se despedía con la mano y se iba con ella, me quedé allí, congelada en el lugar. Mis pensamientos se aceleraban, mi corazón latía con fuerza, pero nada de eso tenía sentido.

¿Por qué me molestó tanto esto? ¿Por qué me importaba tanto?

No quería amarlo. No quería que me importara. Pero aquí estaba yo, de pie en la puerta de la escuela, sintiendo que estaba al borde de algo que no estaba preparado para afrontar.

Y, sin embargo, la pregunta persistía. Si no estaba enamorado... ¿entonces qué fue todo esto?

A veces es mejor permanecer en silencio

"¿Lola? ¿Qué te gustaría comer hoy?" La voz de mi madre era suave, pero no podía preocuparme.

"No me importa", murmuré, apenas levantando la vista de mi lugar en la mesa de la cocina. Mi madre suspiró, su paciencia se estaba agotando.

"Lola, las cosas no pueden seguir así. Siempre das respuestas tan desdeñosas". Sus palabras tocaron una fibra sensible, pero no me importó lo suficiente como para responder.

"Alégrate de obtener respuestas. Algunas personas ni siquiera se dan cuenta". Le respondí con tono agudo, tratando de alejarla.

Mi madre se pasó una mano por el pelo, claramente frustrada, pero no dijo nada más. "Lola... yo... lo siento..." comenzó, su voz apagándose en una disculpa que no quería escuchar.

"¡Déjalo!" espeté. "No tengo hambre. Ve, tengo que hacer la tarea ahora".

Le di la espalda, aislándome por completo de cualquier interacción futura. Entró en silencio a la cocina, con la cabeza gacha. Tan pronto como escuché el sonido de la puerta de la cocina cerrándose, me apoyé contra la puerta de mi habitación, deslizándome hacia abajo hasta sentarme en el suelo.

Todo fue culpa suya. Ella nunca me prestó atención, nunca me entendió. Si tan solo a ella le importara. Si tan solo ella notara la forma en que me estaba alejando, pieza por pieza. Lágrimas no deseadas comenzaron a acumularse en mis ojos, pero me negué a dejarlas caer. Apreté mis labios, tratando de contener el ardor de las emociones que no quería reconocer. Las lágrimas aún lograron escapar, corriendo silenciosamente por mi rostro. Me odié por sentirme así.

Esa noche el sueño se me escapó. Mi mente se aceleró, dando vueltas a los mismos pensamientos una y otra vez. ¿Por qué no podía simplemente seguir adelante? ¿Por qué persistía este dolor constante dentro de mí? No podía entenderlo, y cuanto más lo intentaba, peor se ponía.

A la mañana siguiente, el cansancio se apoderó pesadamente de mis hombros. Apenas logré terminar la jornada escolar y, cuando llegó la clase de geografía, luchaba por mantener los ojos abiertos. Me había vuelto a quedar dormido durante la lección y la voz del profesor se escuchó como un murmullo distante. Cuando me vio, su mirada estaba en blanco pero crítica.

"Lo siento", murmuré, apenas reconociendo su mirada antes de que continuara con su sermón.

Amber se inclinó, con preocupación en sus ojos. "¿Qué sucede contigo?" ella susurró.

"Dormí mal", murmuré, mi mente alejándose del presente.

"¿Por qué?" preguntó, y me di cuenta de que quería saber más. Pero no tenía la energía para explicarlo. "Sabes que era solo su hermana".

Negué con la cabeza. "No es eso. Simplemente no dormí bien".

Amber no presionó más. No conocía la historia completa y no era necesario que la supiera. Nadie lo hizo.

Después de la escuela, me encontré parada en las puertas, tratando de regresar a casa lo más rápido posible. Pero claro, él estaba ahí. Por supuesto, él se paró frente a mí, su hermana a su lado, esperando.

Me vio y saludó con la mano, su voz resonó en el espacio entre nosotros. "¡Oigan, criminales! ¿Cómo estás?"

No tuve tiempo para esto. Hoy no.

"Déjenme en paz", murmuré, pasando rápidamente junto a ellos.

Nacera, su hermana, me sonrió, con una expresión burlona en su rostro. Me negué a mirar atrás por miedo a lo que podría hacer si lo hacía.

Amber me alcanzó unos minutos más tarde. "Lola, ¿por qué dijiste eso? Pensé que te gustaba el chico".

Me puse rígido ante sus palabras, mi corazón latía con fuerza. ¿Lo hice? ¿Realmente me gustaba?

"No", dije con firmeza, aunque no estaba seguro de creerme a mí mismo. "No me gusta. Sólo quiero que me deje en paz".

Amber me miró, con confusión brillando en sus ojos. "Tienes que tener claro lo que quieres, Lola. O sí o no, pero no juegues con los sentimientos de los demás."

Sus palabras dolieron, más de lo que quería admitir. Asentí, pero fue sólo una respuesta automática. Cuando Amber se giró y se alejó, me di cuenta de cuánto me había estado ocultando a todos, especialmente a mí misma.

Pateé una pequeña piedra frente a mí mientras caminaba por la calle. Rodó un poco antes de darle una patada más fuerte, liberando parte de la frustración que sentía acumularse en mi interior.

"La piedra no puede evitar lo que sea que te enoje tanto".

Me quedé helada, sorprendida por la voz inesperada. Él estaba parado detrás de mí. Por supuesto, él me había seguido.

"¿Qué deseas?" Pregunté, mi voz tensa por la molestia. Podía sentir la ira aumentando de nuevo, amenazando con explotar.

Me miró con una mezcla de preocupación y confusión, sus ojos se suavizaron mientras hablaba. "¿Por qué de repente eres tan desdeñoso? ¿He hecho algo para molestarte? Si es así, lo siento. Honestamente. Sólo dime qué es".

Mi estómago se retorció ante la sinceridad de su voz, pero me negué a dejarle ver cuánto me afectaba.

"No hiciste nada. Sólo quiero que me dejes en paz. Eres molesto". Mis palabras salieron frías, pero incluso mientras las decía, sabía que no eran ciertas. No era molesto; él simplemente estaba... ahí, de una manera que me hacía imposible seguir alejándolo.

Me di la vuelta y me alejé, decidido a no mirar atrás. Esta vez no me siguió.

Más tarde esa noche, me encontré nuevamente acurrucado en mi habitación. El peso del día me oprimía y no tenía ganas de hacer nada: comer, hablar, nada. La puerta de mi habitación se abrió y escuché la voz de mi madre desde el pasillo. "¡Lola! ¡Cena!"

"No tengo hambre", murmuré, sin siquiera molestarme en mirar hacia arriba.

Hacía días que no tenía hambre. Desde esa noche en el evento musical, todo había empezado a ir en espiral. Desde que lo conocí, me había sentido... diferente. Pero no podía admitirlo ante mí mismo, y mucho menos ante nadie más.

Poco después llamaron a la puerta, seguido por la voz de mi madre. "Lola, hay una visita para ti".

Levanté la vista sorprendida cuando la puerta se abrió y allí estaba él. En sus manos había un plato de fideos y un tenedor. Entró sin preguntar y se dirigió a mi cama.

"¿Qué deseas?" Pregunté, todavía tratando de aferrarme a mi sensación de control.

Él no respondió de inmediato. En cambio, simplemente se sentó a mi lado, con el plato de fideos todavía en la mano. "Quiero que comas algo", dijo suavemente, ofreciéndome el plato.

Lo miré, pero finalmente tomé el plato de su mano, incapaz de resistirme. "Honestamente, no me iré hasta que hayas comido", dijo, con un tono ligero pero firme.

Puse los ojos en blanco pero me comí los fideos de todos modos. Él no iba a ninguna parte, y por mucho que quisiera ignorarlo, no podía obligarme a hacerlo.

Cuando terminé, dejé el plato vacío a mi lado, esperando que se fuera. Pero en lugar de eso, sacudió la cabeza. "No, todavía no me voy", dijo. Y entonces nos sentamos en silencio. Aunque no fue incómodo.

Sólo silencio. Por una vez, sentí como si el silencio no estuviera lleno de tensión o resentimiento. Era... pacífico. Lo miré por un momento, mi mente corriendo con pensamientos contradictorios. No quería preocuparme por él. No quería sentir esta calidez extendiéndose a través de mí sólo porque él estaba aquí. Pero lo era. Y en ese momento me di cuenta de que no me importaba.

Sin decir una palabra, me rodeó con su brazo y me abrazó en silencio. No hablamos. No lo necesitábamos. Había algo calmante en la quietud, algo que me hizo sentir menos sola, aunque fuera por un momento.

En ese momento estaba contento.

¿Y ahora?

La luz del sol entraba por la ventana y su calidez rozaba suavemente mi piel. Parpadeé para despertarme, desorientado por un momento, sin saber dónde estaba. Cuando mi mente se aclaró, me di cuenta de que estaba en mi propia cama, todavía usando la misma ropa de la noche anterior. Mi corazón dio un vuelco. ¿Realmente me había quedado dormido en sus brazos? No. Eso no puede ser correcto. "¡Mierda, mierda, mierda!" Murmuré para mis adentros mientras me quitaba la manta y me sentaba. Pasé mis dedos por mi cabello, tratando de calmar mis pensamientos acelerados. ¿Cómo pude haber dejado que esto sucediera?

Me arrastré fuera de la cama y entré arrastrando los pies a la cocina donde mi madre estaba sentada a la mesa, bebiendo su café. Ella levantó la vista y sonrió cuando me vio, su expresión era tranquila y casi cómplice. ¿Sintió algo? "Buenos días, Lola. ¿Dormiste bien?" —preguntó con voz suave.

"Hm", gruñí en respuesta, todavía tratando de deshacerme de la niebla desorientadora de mi mente. Me concentré en hacer tostadas, evitando su mirada. No podía mirarla a los ojos en este momento. No después de anoche.

Mi madre, sin embargo, no pareció notar mi malestar. O tal vez lo hizo, pero decidió no abordar el tema de inmediato. Ella simplemente me miró en silencio mientras comía. Luego, después de un momento, volvió a hablar, con voz suave pero clara: "Lola, el chico de anoche... Es realmente agradable. Y él también es guapo".

Me congelé, las palabras me atravesaron. "Olvídalo. No voy a ser como tú", respondí abruptamente, levantándome tan rápido que la silla rozó el suelo. Agarré mi mochila, todavía sosteniendo la cámara que había olvidado desempacar, y salí corriendo por la puerta sin mirar atrás.

"Lola, eso no era lo que quise decir..." La voz de mi madre se apagó cuando cerré la puerta detrás de mí.

Me subí a mi bicicleta y pedaleé lo más rápido que pude, necesitando escapar del aire sofocante de mi propia casa. No paré hasta llegar al lago. El puente peatonal sobre el agua me llamó y me dirigí hasta el final, donde me senté y sumergí los pies en el agua fresca. Fue refrescante, en contraste con el calor que se estaba acumulando dentro de mí. Las sombras de los árboles se extendían sobre el agua, proporcionando una sensación de calma. Cerré los ojos, tratando de encontrar algo de paz.

Pero lo único en lo que podía pensar era en él. ¿Qué pensaba de mí ahora? ¿Cómo pude haber estado tan débil anoche, sentada en sus brazos como lo hice? ¿Por qué no lo había alejado? La ira y la confusión se arremolinaban dentro de mí mientras miraba el agua oscura y silenciosa debajo. ¿Cómo sería simplemente desaparecer en ese silencio? ¿Dejar que me trague entero?

Una mano se posó en mi hombro y salté, sobresaltada. Me di vuelta para verlo parado allí. Por supuesto, era él.

"Hola, pequeño criminal", saludó con voz ligera y burlona.

Le fruncí el ceño. "¿Cómo me encontraste?"

"No fue tan difícil", dijo encogiéndose de hombros. "No estabas en casa y tampoco estabas en el árbol. Pensé que el lago podría ser tu tipo de lugar. Y tenía razón".

No lo quería aquí. No quería que nadie me siguiera, que se entrometiera en mi soledad. "¿Qué deseas?" Pregunté, mi tono agudo mientras apartaba su mano de mi hombro.

Él no se movió. Simplemente se sentó a mi lado, tranquilo y sin molestias.

Me crucé de brazos y miré hacia otro lado, decidida a no ceder ante lo que fuera que estuviera tratando de hacer. "¿Qué ocurre?" preguntó, alcanzando mi mano.

Lo arranqué. "Irse. No te quiero aquí. Ni aquí, ni en casa, ni en mi vida. No me importas ".

No pareció creerme. "No te creo", dijo en voz baja, con voz firme.

Me volví para mirarlo y mi frustración se desbordó. "¡Escapar!" Grité, mi voz se quebró por la fuerza de mis emociones.

Antes de darme cuenta, mis manos lo golpeaban, golpeando su pecho una y otra vez. El dolor dentro de mí era demasiado y lo ataqué, desesperada por liberar todo el dolor que sentía. Pero él no se defendió. En cambio, me rodeó con sus brazos, acercándome a pesar de mis luchas.

Luché contra él, pero él era más fuerte. No podía liberarme y, mientras él me abrazaba, algo dentro de mí también se rompió. Las lágrimas brotaron, incontrolables. Lo maldije entre sollozos, odiándome por ser tan débil. Pero no me dejó ir.

Sus brazos me rodearon con más fuerza, tranquilizándome con su calidez. Me acarició el pelo y me frotó la espalda con movimientos lentos y reconfortantes. "Shh... Tómatelo con calma. Estoy aquí para ti, ¿vale? No te haré daño. Nunca."

Esas palabras, amables y tranquilizadoras, derribaron los últimos muros que había construido a mi alrededor. Dejé de pelear. Me dejé hundirme en él, mi cuerpo se quedó inerte mientras lloraba contra su pecho. Sentí como si me estuviera desmoronando, como si mis pedazos se estuvieran desmoronando. Pero de alguna manera, fue la primera vez en mucho tiempo que me sentí... seguro.

Nos quedamos así por lo que pareció una eternidad, en completo silencio, salvo por los suaves sonidos de mi respiración. Finalmente, me encontré acostada boca arriba, con la cabeza apoyada en su regazo. Continuó acariciando mi cabello, el tierno toque alivió la carne viva en mi pecho.

"Lola", murmuró, con voz baja y firme. "Todavía no sé tu nombre".

Sollocé y me sequé los ojos, girando la cara para mirarlo. "Lola", dije en voz baja.

"¿Lola?" Hizo una pausa, considerando el nombre. "Es un nombre hermoso".

Cerré los ojos por un momento, luego los abrí nuevamente para encontrar su mirada. "Significa dolor".

Hubo un largo silencio antes de que volviera a hablar. Sus dedos dudaron por un momento antes de continuar acariciando mi cabello. "Pero no creo en ese tipo de dolor", dijo en voz baja. "Creo que significa que cuando te vayas, dejarás un dolor profundo en todos los que dejes atrás".

Sus palabras me tomaron por sorpresa y por un momento no supe qué decir. Pero había algo en su voz, algo en la forma en que me abrazó, que me hizo creerle.

"¿Y tu nombre?" Pregunté, mi voz apenas era más que un susurro.

"Jason", respondió simplemente.

Asentí lentamente, dejando que su nombre se asentara en mi mente. "Gracias, Jason", murmuré.

Otro silencio se hizo entre nosotros, pero esta vez no fue incómodo. Me acarició suavemente la mejilla y me incliné hacia su toque. Sentí como si finalmente me permitiera soltar el peso que había estado cargando durante tanto tiempo.

"Lola", dijo después de un rato, su voz suave pero insistente. "Prométeme una cosa".

Lo miré, todavía sollozando. "¿Qué?"

"Prométeme que no me mentirás ni a ti mismo otra vez. Deja de reprimirte para hacer las cosas que quieres hacer. No te niegues las cosas buenas de la vida. ¿Bueno?"

Dudé, pero sus palabras resonaron profundamente dentro de mí. Tenía razón. Me había estado negando tanto durante tanto tiempo, demasiado asustada para dejar ir mi propio dolor, demasiado asustada para ser vulnerable.

"Lo estoy intentando", susurré, con la voz temblorosa.

Me sonrió, una sonrisa amable y comprensiva. Acarició mi mejilla de nuevo, su pulgar secó los últimos restos de mis lágrimas.

Y en ese momento, todo se sintió un poquito más fácil.

El pasado duele, así que cállate...

El día se había desvanecido como un momento fugaz, el cielo del atardecer abrazaba el lago mientras estábamos tumbados en la hierba, con nuestros cuerpos cansados pero satisfechos. Habíamos pasado horas allí, alternando entre tomar fotografías: él capturándome a mí y al mundo que me rodeaba, y yo documentando la belleza del paisaje. Por alguna razón, me sentía más ligera con cada clic de la cámara, como si cada instantánea contuviera una parte de mi confusión, un poco más de mi carga liberada al mundo.

"Deberías irte a casa. Probablemente tu madre esté preocupada", dijo Jason, rompiendo el cómodo silencio en el que nos habíamos instalado.

"No me importa. Ella debería", respondí rotundamente, apenas mirándolo.

Él levantó una ceja sorprendido. "No te gusta mucho tu madre, ¿verdad?"

"La detesto", dije con una convicción que ni siquiera sabía que tenía. Las palabras salieron tan fácilmente como un suspiro.

Me miró como si le hubiera revelado algo inesperado, algo que no entendía del todo. "Está bien, entiendo que todo el mundo tiene sus discusiones con sus padres a veces, pero... odio es una palabra fuerte. Realmente no puedes odiarla".

"Pero lo hago", respondí bruscamente, mi voz más fría de lo que pretendía. Era más fácil estar enojado que enfrentar la verdad. Era más fácil echar la culpa a quien se consideraba merecido.

Se quedó en silencio, procesando mis palabras. Luego, tentativamente, preguntó: "¿Y tu padre? ¿Tú también lo odias?

Tragué. Mi padre. Una figura de comodidad, de seguridad, de una época antes de que todo se viniera abajo. "No. Lo amaba", murmuré, aunque ni siquiera yo podía decir si era una verdad en la que realmente creía.

Dudó, una mirada cuidadosa cruzó su rostro. "¿Está... muerto?" preguntó, su voz ahora más suave.

Me quedé mirando el lago, incapaz de mirarlo a los ojos. "No sé. Pero creo que está vivo".

Me miró confundido, con el ceño fruncido. "¿Qué quieres decir con que crees? ¿Qué pasó?"

No podía hablar de eso. Me había prometido a mí mismo que no lo haría. No con él. Ahora no. No cuando todavía me sentía como si estuviera viviendo en un mundo destrozado donde pedazos de mí se habían desprendido, dejando solo preguntas detrás.

"Cuéntame qué pasó", instó suavemente, su voz persuasiva.

Sacudí la cabeza y me mordí el labio para contener la ola de emoción que amenazaba con ahogarme. "No quiero", susurré, con la voz entrecortada, pero no había vuelta atrás. Los muros que había construido estaban empezando a desmoronarse, ladrillo a ladrillo.

Jason no presionó más. Él simplemente asintió, respetando mi silencio. Después de una larga pausa, dijo: "Bien, pero aún así deberías irte a casa". Su voz era más insistente, casi cariñosa.

Suspiré, el peso del día de repente presionó sobre mí. "Está bien, segunda mamá. Iré", murmuré en voz baja, pero ya no había veneno detrás de las palabras. Me siguió mientras me levantaba, su presencia era una fuerza constante y estabilizadora a la que me había acostumbrado.

Mientras caminábamos hacia mi casa, no pude evitar notar la forma en que los pasos de Jason coincidían con los míos, la forma en que el cielo del atardecer parecía suavizarse en su compañía. Tal vez tenía razón; tal vez había algo más en mí que la ira, la amargura y el sentimiento de abandono que había cargado durante tanto tiempo.

Cuando llegamos, mi madre estaba parada junto a la ventana, con las manos apretadas contra el cristal. Tan pronto como me vio, corrió a abrir la puerta. "¡Lola! Por suerte, estaba preocupado..."

"¿En realidad? Eso es algo diferente —murmuré, entrando, mis palabras cortantes, cortando el aire entre nosotros.

Ella retrocedió, como si la hubiera abofeteado. Tal vez lo hice. La forma en que se estremeció me hizo preguntarme cuánto tiempo había pasado desde que me permití mostrar cuánto me molestaba. ¿Cuánto tiempo había pasado desde que me permití sentir algo por ella?

Jason, sintiendo la tensión, me atrajo hacia él, su voz apenas un susurro en mi oído. "Oye, déjalo ir, ¿de acuerdo?"

Me aparté bruscamente, la ira surgió de nuevo, llenando los espacios vacíos dejados por mi vulnerabilidad. "Quita las manos", siseé, alejándolo.

Jason simplemente se rió, un sonido despreocupado, casi alegre, que me hizo querer darle un puñetazo y besarlo al mismo tiempo. "Jason", murmuré, el nombre todavía extraño en mis labios, pero no me sentí mal. Ya no.

"Nos vemos mañana, Lola", dijo con voz ligera, pero había algo más en su tono, algo que hizo que mi corazón latiera un poco más rápido.

No respondí. Simplemente me alejé, sin dedicarle otra mirada. Mi madre me miró con los ojos muy abiertos por la preocupación, pero yo no estaba de humor para considerar sus preocupaciones. Esta noche no.

Una vez dentro de mi habitación, me desplomé en el sofá, mi cuerpo estaba exhausto pero de alguna manera en paz. No lloré. No me escondí. Por primera vez en lo que parecieron siglos, no me consumieron el dolor, la ira o la confusión. Había algo en el día, en Jason, que me había dejado sintiéndome... más ligera.

No estaba infeliz. No estaba enojado. No estaba vacío. Simplemente lo era.

Cerré los ojos y, por primera vez en mucho tiempo, sonreí. No era una sonrisa falsa o una que me tapaba para aparentar. Fue real. Indiscutiblemente real.

Luego, como si el universo hubiera decidido añadir un poco más de ironía, cogí el teléfono. Sin pensarlo, marqué el número que no había marcado en semanas. La llamada sonó durante lo que pareció una eternidad antes de que Amber contestara.

"Sí, aquí Amber", respondió ella, su voz todavía un poco atontada por el sueño.

"Hola, Amber", dije, mi voz temblaba ligeramente.

Hubo una pausa al otro lado de la línea y luego: "Lola, ¿eres tú? ¿Qué ocurre?" Su voz estaba llena de preocupación y, por un momento, casi retrocedí. Pero no lo hice.

"Sí, soy yo", susurré. "Lo lamento. Lo siento por todo. Eres el mejor amigo que cualquiera podría tener y no te merezco. Ámbar..." Se me quebró la voz y las palabras salieron en un revoltijo, y antes de que pudiera recuperar el aliento, ya no sabía lo que estaba diciendo.

Pero a Amber no le importaba. "Está bien, Lola. No necesitas disculparte. Soy tu amigo y siempre estaré aquí para ti. Pase lo que pase".

Sentí que me quitaban un peso de encima y, en ese momento, me di cuenta de a cuánto me había estado aferrando. Amber no quería mis disculpas. Ella me quería. Y eso fue suficiente.

"Gracias", susurré, cerrando los ojos para contener las lágrimas.

"Te veré mañana", dijo antes de colgar.

Después de la llamada me sentí diferente. Algo dentro de mí había cambiado. Por primera vez en lo que pareció una eternidad, sentí que podía respirar de nuevo. Mi estómago gruñó, recordándome que había estado descuidando las cosas simples, como comer.

Me levanté y caminé hacia la cocina, donde mi madre todavía estaba sentada a la mesa. Ella me miró sorprendida mientras yo tomaba un plato y un cuchillo. "Lola, ¿qué... estás comiendo algo voluntariamente?" preguntó, con la voz llena de incredulidad.

Con calma unté miel sobre mi pan y le di un mordisco, saboreando el sabor. Después del primer bocado, la miré, con una sonrisa en mis labios.

"No parezcas tan estúpido, de lo contrario perderé el apetito", dije, con palabras ligeras pero con un toque de humor.

Rápidamente se concentró en su propio pan, sin atreverse a decir nada más. No quería odiarla. Ahora no. No cuando sentí que finalmente podía empezar a soltar todo lo que me había estado agobiando.

Quería disfrutar este momento. Quería disfrutar la sensación de paz, aunque fuera sólo por esta noche.

Mi novia también tiene vida... ¡Maldita amistad es agotadora!

Llegó el lunes por la mañana, trayendo consigo la habitual sensación de malestar del que no podía librarme. Me recosté en mi asiento en el salón de clases, con la cabeza gacha mientras intentaba ignorar el calor que subía por mis mejillas. Mis pensamientos seguían volviendo a los acontecimientos del fin de semana y a la conversación que había tenido con Amber. ¿Cómo pude haber derramado mi corazón de esa manera? Le aclaré a medias mis sentimientos, dejando las cosas incómodas entre nosotros, y ahora no tenía idea de cómo actuar con ella. ¿Qué pensaba ella de mí ahora? ¿Se sentiría incómoda o simplemente lo ignoraría como lo hacía habitualmente?

Amber, por supuesto, estaba tan maravillosa como siempre. Ella no me trató de manera diferente; ella simplemente actuó como si fuera otro día. Durante el descanso, la seguí hasta la mesa del almuerzo por primera vez. Normalmente, me mantenía en silencio, sentándome lejos del grupo, escondiéndome detrás de un libro o de mi teléfono. Pero hoy algo se sentía diferente. Ella no dijo nada; Ella simplemente me sonrió, como si fuera perfectamente normal que yo me uniera a ella. Ella tomó su almuerzo y la observé desempacarlo con silenciosa curiosidad, sintiéndome extrañamente en paz en su presencia.

Cuando se sentó, se movió ligeramente para hacerme espacio, y yo me senté, torpemente jugueteando con mis manos por un momento. El silencio se prolongó hasta que Amber levantó la vista de su almuerzo y preguntó: "¿No te gustaría comer algo también?". Sacudí la cabeza, no particularmente hambrienta, pero ella no iba a aceptar un no por respuesta. Ella me entregó su manzana de su bandeja del almuerzo con una sonrisa, y la tomé, masticándola en silencio mientras intentaba darle sentido a la situación.

Amber siempre fue muy generosa, siempre pensaba en los demás y yo no siempre supe cómo manejarlo. Ella fue amable conmigo, pero a veces sentía que apenas podía seguirle el ritmo. Le di otro mordisco a la manzana, tratando de ignorar la extraña sensación en mi pecho, y antes de darme cuenta, Amber ya había cambiado la conversación a un tema diferente.

"Entonces, ¿cómo estuvo tu fin de semana con él?"

Casi me ahogo con el mordisco que acababa de dar. Se me cerró la garganta y tuve que toser repetidamente hasta que pude volver a respirar. Amber, por supuesto, me estaba mirando con una sonrisa que era a la vez cómplice y burlona. Ella no esperó a que me recuperara antes de presionar de nuevo: "¿Y?"

"¿Qué te hace pensar que estuve con alguien el fin de semana?" Dije, tratando de actuar como si no me hubieran pillado en el acto.

Amber se rió, un sonido fuerte y despreocupado que llenó el aire entre nosotros. "Honestamente, Lola. Tu reacción fue prueba suficiente".

Gemí por dentro. Bueno, eso fue vergonzoso. Ella había visto a través de mí. Suspiré. "Está bien, pasamos el día en el lago", admití. Aunque no iba a decirle nada más que eso. Amber no presionó más, afortunadamente. Ella solo me miró con una sonrisa de complicidad antes de asentir. "Parece que te ha hecho bien".

No pude evitar sentir una punzada de culpa ante sus palabras. Lo que ella realmente estaba diciendo era que parecía haberme hecho bien. Todavía no estaba lista para desentrañar esos sentimientos, así que cambié de tema rápidamente.

"¿Y... y tú? ¿Qué has estado haciendo?" Pregunté, esperando desviar la conversación de mí por un tiempo.

Amber sonrió, claramente feliz de hablar de sí misma. Ella comenzó a contar detalladamente su fin de semana, hablando sobre el nuevo libro que estaba leyendo y cómo esperaba recibir un par de hermosos aretes para su cumpleaños el jueves. Asentí, genuinamente interesada en lo que estaba diciendo, riéndome cuando decía algo gracioso y sonriendo ante su entusiasmo.

Continuó hablando de todo, desde chismes escolares hasta planes para el próximo fin de semana.

"Con suerte, finalmente conseguiré esos aretes para mi cumpleaños", dijo con una sonrisa.

Cumpleaños. Me quedé helado. Se acercaba el cumpleaños de Amber y lo había olvidado por completo. Mi corazón se hundió cuando me di cuenta de que aún no había planeado nada para ella. Me sentí como una mala amiga por no haberlo pensado antes.

"Sí, con suerte", respondí, tratando de ocultar mi pánico. La miré con una leve sonrisa, pero mi mente ya estaba llena de pensamientos sobre qué hacer. No tenía idea de qué regalarle. Apenas tenía dinero y no se me ocurrían buenas ideas para regalos. ¿Cómo pude haberlo olvidado?

Antes de que pudiera pensar en una manera de salvar la situación, sonó la campana, señalando el final del receso, y una avalancha de estudiantes pasó corriendo junto a nosotros hacia sus aulas. Me levanté, mi mente todavía daba vueltas.

El cumpleaños de Amber era dentro de unos días y no tenía nada listo. Ni siquiera sabía lo que le gustaría. Me devané el cerebro en busca de ideas mientras caminaba hacia mi siguiente clase, pero no se me ocurrió nada. Fue como si mi cerebro hubiera sufrido un cortocircuito.

Todo el día pasó borroso y, cuando terminaron las clases, todavía no tenía un plan. Me encontré con Jason en la puerta después de la escuela y él me saludó con una sonrisa traviesa. "¿Así que cómo estás?" preguntó, con los ojos brillando de curiosidad.

Solo sonreí y me encogí de hombros, sin tener muchas ganas de hablar de nada. No parecía molestarle. Él simplemente se rió entre dientes y caminó a mi lado mientras salíamos de la escuela.

En casa, cogí algo de dinero y me subí a mi bicicleta y me dirigí a la ciudad. No estaba seguro de lo que esperaba encontrar, pero tenía que hacer algo. Necesitaba un regalo para Amber y se me estaba acabando el tiempo. Caminé de un lado a otro de las calles, mirando los escaparates, esperando encontrar algo que pudiera llamar mi atención. Los exhibidores estaban llenos de baratijas baratas, recuerdos cursis y chucherías al azar, pero nada parecía estar bien.

Justo cuando estaba a punto de rendirme, me encontré parado frente a una joyería, apoyado contra la pared con frustración.

"Y espero que el jueves finalmente reciba los hermosos aretes para mi cumpleaños..." Las palabras de Amber resonaron en mi mente. Fue entonces cuando me di cuenta. Podría comprarle algo bonito, algo que realmente le encantaría.

Entré a la tienda sintiendo una extraña sensación de determinación. La mujer detrás del mostrador me saludó calurosamente e inmediatamente supe lo que estaba buscando.

"Estoy buscando algo para regalarle a una amiga por su cumpleaños", le expliqué. "Preferiblemente un collar".

La vendedora sonrió y comenzó a mostrarme algunas opciones, explicándome los detalles de cada una. Después de un poco de ida y vuelta, finalmente me decidí por una delicada cadena de plata con un pequeño colgante de rosa. Era simple, elegante y perfecto para Amber.

Pagué el collar y salí de la tienda, sintiendo una sensación de logro que no había sentido en mucho tiempo. El regalo fue perfecto y sabía que a Amber le encantaría.

Cuando llegué a casa, me sentí completamente exhausto. Había sido un día largo y estaba a punto de colapsar. Pero a pesar del cansancio, había una pequeña chispa de orgullo dentro de mí. Yo lo había hecho. Logré encontrar el regalo perfecto para Amber a tiempo para su cumpleaños y, de alguna manera, sentí que había dado un paso adelante.

Mientras me sentaba a descansar, no pude evitar sonreír para mis adentros. Había sido un día lleno de sorpresas, pero al final todo había salido bien.

¿Qué me rompió? No quiero hablar de eso...

Sonó el timbre, sacándome de mis pensamientos. Llegué antes que mi madre, sabiendo instintivamente quién era. Tenía que ser él: Jason. Abrí la puerta, tratando de enmascarar la sensación incómoda en mi pecho, pero su sonrisa inmediatamente me tranquilizó.

"¿Tengo tu permiso para entrar?" Bromeó Jason, su voz con ese familiar tono travieso que siempre me hacía poner los ojos en blanco.

"Idiota", murmuré, pero me hice a un lado para dejarlo entrar, sabiendo muy bien que mis palabras nunca tuvieron ningún dolor real cuando se trataba de él. Él tuvo ese efecto en mí.

Sin esperar una invitación, Jason tomó mi mano y comenzó a llevarme hacia mi habitación. Tiré hacia atrás en señal de protesta. "¡Basta!" Protesté, tratando de liberarme de su agarre, pero él no estaba dispuesto a aceptar nada. Él simplemente sacudió la cabeza y se rió, asegurándose de cerrar la puerta detrás de nosotros mientras me guiaba hacia adentro. Sólo entonces soltó mi mano, no sin antes hacer su habitual comentario descarado.

"Eso fue totalmente innecesario", refunfuñé, sentándome en el borde de mi cama.

Jason, sin embargo, parecía completamente indiferente. "De nada. ¿Te da vergüenza delante de tu mamá? preguntó, su voz juguetona, pero pude escuchar un indicio de genuina curiosidad debajo.

"¡Eso no tiene nada que ver con eso!" Espeté, inmediatamente a la defensiva. Pero su tranquila sonrisa se mantuvo sin cambios. Se sentó en mi sofá y dio unas palmaditas en el lugar junto a él, su invitación a unirse a él prácticamente escrita en su rostro.

"Entonces todo está bien. Ven y siéntate", dijo con una sonrisa tranquilizadora.

Obedecí de mala gana, sintiendo una extraña sensación de vulnerabilidad cuando él estaba cerca. "Entonces", comenzó Jason, después de que me senté, "¿cómo le gustó a Amber tu regalo?"

Respiré profundamente, recordando la incomodidad de ese día. Amber había sido feliz, por supuesto; Amber siempre fue tan genuina y eso lo agradecí. Empecé a contarle la historia a Jason. Cómo todos me miraron de forma extraña cuando entré a la fiesta, con las manos llenas del collar que había comprado para el cumpleaños de Amber. Describí cómo Amber había sido la única que me hizo sentir bienvenida, la única que realmente apreció el regalo.

"Ella es hermosa, Lola. ¡Ah, gracias!" Amber había dicho con una sonrisa brillante, abrazándome fuerte y dándome un rápido beso en la mejilla. Aún así, la incomodidad de ser la última persona en llegar permaneció en mi mente. "Fui el último imbécil en aparecer", agregué, sacudiendo la cabeza con fingida frustración.

"Suena bien", dijo Jason con una suave risa. Se acercó y pasó su brazo sobre mis hombros, pero lo aparté suavemente. Suspiró dramáticamente y luego cayó hacia atrás, su cabeza aterrizó en mi regazo. Su movimiento repentino me tomó por sorpresa y sentí una sacudida recorrerme.

"¿Por qué te asustas tanto cuando alguien te toca?" Preguntó Jason, con los ojos cerrados y la voz suave y seria. "¿Qué tiene de malo que le gustes a alguien?"

Me quedé helado. La pregunta tocó una fibra sensible que no estaba preparada para afrontar. "Ya te lo dije", respondí, mi voz apenas era más que un susurro. "No quiero hablar de eso".

Jason no dijo nada de inmediato. En cambio, se quedó allí, con su débil aliento contra mi piel. Sentí el calor de su cuerpo y los sutiles temblores en su pecho mientras respiraba, pero me negué a mirarlo. Su proximidad me hacía sentir incómoda de una manera que no sabía cómo expresar.

"No quieres hablar de eso", repitió Jason, como si saboreara las palabras. "Lo sé. Pero Lola... no puedes seguir escondiéndote de ello para siempre".

El silencio se extendió entre nosotros, roto sólo por el sonido de su respiración constante. Cerré los ojos y sentí que mi propio pecho se contraía. Su presencia, por muy reconfortante que fuera, me recordó todo lo que quería olvidar.

"Por favor", susurró Jason, su voz apenas audible. Abrió los ojos y me miró con una mirada suave pero seria. "Por favor, háblame".

No supe cómo responder. Se me hizo un nudo en la garganta y las lágrimas que había estado conteniendo amenazaron con derramarse. Levantó la mano y me secó suavemente las lágrimas de la cara; su tacto era tierno y sorprendentemente reconfortante.

"Está bien, Lola", susurró. "No quiero que sufras. Sólo quiero que sepas que estoy aquí".

Las palabras rompieron algo dentro de mí. No era la primera vez que Jason había ofrecido consuelo, pero de alguna manera esta vez se sintió diferente. Sus palabras significaron más ahora, como si realmente entendiera el peso que llevaba conmigo. Quería contarle todo (el dolor, el dolor, las cosas de las que nunca había hablado), pero no pude. No podía permitirme abrirme a él. No así.

"Mi nombre es Lola", dije, casi como un recordatorio para mí mismo. "Nací para el dolor".

Jason se levantó bruscamente, con expresión feroz mientras me agarraba la barbilla y me obligaba a mirarlo. "No vuelvas a decir algo así, Lola", advirtió en voz baja, intensa. "Nunca más, ¿me oyes?"

Tragué fuerte y asentí en estado de shock. La fuerza de sus palabras hizo que mi corazón se acelerara y un extraño escalofrío me recorrió. La mano de Jason todavía sostenía suavemente mi barbilla, su pulgar acariciaba mi piel con una ternura que no podía comprender del todo.

"Lo siento", murmuró, su tono se suavizó. "No quise ser grosero. No quiero hacerte daño nunca".

Sentí que se me erizaba la piel de los brazos ante sus palabras. Dijo que no quería lastimarme y, sin embargo, una y otra vez, sentía que sí lo hacía. Pero en ese momento quise creerle. Quería confiar en que lo decía en serio.

Jason soltó mi barbilla y se dejó caer en el sofá, mirando al techo. Hubo una larga pausa antes de que volviera a hablar, su voz ahora más tranquila.

"¿Vendrías a mi casa alguna vez, Lola?" preguntó, la pregunta flotando en el aire como una invitación que no estaba seguro de querer aceptar.

"¿Tu casa?" Pregunté, parpadeando confundido. "¿Debajo del puente?"

Él se rió, el sonido rico y lleno de vida. "No, a mi casa, por supuesto".

Mi mente se aceleró mientras consideraba su oferta. ¿Debería ir? ¿Debería decir que sí? Cada parte lógica de mí gritó que no debería hacerlo. Me lastimó (me había lastimado antes), pero la parte de mí que siempre había querido estar con él, la parte que siempre anhelaba más, me susurró al oído que debía dar el salto.

"Por favor, di que sí", imploró Jason, su voz desesperada, casi suplicante. Sentí sus cálidas manos rodear suavemente las mías y casi pude sentir su esperanza recorriendo mi cuerpo.

Sí. Fue tan simple. Sólo di que sí.

Pero otra voz dentro de mí, una voz que no quería escuchar, dijo: No. No quieres esto. Él te lastimará. Él siempre lo hace.

El agarre de Jason se apretó, sus dedos se calentaron alrededor de los míos. "Di que sí", instó de nuevo, y algo dentro de mí se rompió.

"Sí", susurré, la palabra se me escapó antes de que pudiera detenerla.

Los ojos de Jason se iluminaron de alivio y, por un momento, vi algo en su expresión que me hizo sentir vista, comprendida. "Mañana, justo después de la escuela. Te recogeré en la puerta. ¡No te eches atrás! dijo con una sonrisa, su entusiasmo contagioso.

Saqué la lengua juguetonamente y le di un golpe en el costado, disfrutando de la pequeña travesura que aún podía hacer. Él gimió fingiendo molestia e inmediatamente se abalanzó sobre mí, inmovilizándome contra el sofá. Sus manos encontraron su camino a mis costados, haciéndome cosquillas sin piedad.

Me reí, incapaz de escapar de su agarre, y traté de liberarme, pero fue inútil. La risa de Jason se mezcló con la mía mientras caíamos al suelo, ambos sin aliento por la lucha juguetona.

"Estás feliz por eso, ¿no?" preguntó, en voz baja y burlona.

Le sonreí, incapaz de ocultar la alegría que burbujeaba dentro de mí. "Sí", admití, sonriéndole.

Jason gruñó juguetonamente y comenzó a hacerme cosquillas de nuevo, haciéndome reír aún más mientras intentaba alejarme. Y en ese momento, a pesar de todo lo que había pasado, sentí una fugaz sensación de felicidad, una sensación que no me había permitido experimentar en mucho tiempo.

Terreno extranjero

Es extraño, ¿no? Cómo a veces las cosas que más importan se escapan silenciosamente de nuestros pensamientos, sólo para salir a la superficie cuando menos las esperamos. La escuela siempre había sido confusa para mí, un lugar al que iba porque tenía que hacerlo, no porque quisiera. Nunca fui la estudiante que prosperaba en las discusiones en clase o se perdía en los libros de texto. No era que fuera incapaz... no, era perfectamente capaz. Era sólo que mi mente tenía otras preocupaciones.

"¡Lola! Tierra a Lola. ¿Qué te pasa hoy? La voz de Amber me devolvió al presente. Sus ojos estaban muy abiertos por la diversión mientras me miraba, esperando una respuesta.

¿Qué estaba pasando conmigo? Bueno, Jason iba a recogerme hoy. Me estaba llevando a su casa. En su casa. Intenté concentrarme en la pregunta de Amber, pero el pensamiento de la cálida mano de Jason, la forma en que siempre me hacía sentir como si fuera la única persona en el mundo, inundó mi mente.

"Eh... ¿qué?" Respondí, dándome cuenta de que no había estado prestando atención.

Amber sacudió la cabeza y me acercó un trozo de papel. "e*f/2", dijo. Lo miré rápidamente, ofreciendo una respuesta distraída, que pareció satisfacer a nuestra maestra. Pero Amber no había terminado conmigo.

"¿Entonces?" -Preguntó, alzando las cejas.

"Nada." Me encogí de hombros con indiferencia.

Amber no estaba convencida. "Eres malo mintiendo, ¿lo sabías?"

Suspiré, el peso era demasiado pesado para guardarlo dentro. "Está bien. Así que después de la escuela, él me recogerá y luego... nos vamos a su casa". Lo dije con el tipo de franqueza que esperaba enmascarara el aleteo de emoción que sentía en el fondo.

La mandíbula de Amber cayó por la sorpresa. "¡¿TÚ?! ¿Vas a ir a la casa de un chico?

Le lancé una mirada rápida. "¿Te importa?"

Ella sonrió. "Nunca pensé que viviría para ver ese día. Lola sale con un chico.

Puse los ojos en blanco. "No voy a salir con él", respondí, tratando de ignorar sus burlas. Amber siempre era rápida con los chistes, pero a veces no podía evitar sentir el dolor de la forma en que ella me veía, como si yo fuera simplemente una especie de novedad.

Cuando sonó el timbre, señalando el final de la clase, agarré mis cosas y salí corriendo para encontrarme con Jason. Fiel a su palabra, estaba parado en la puerta, con una sonrisa en su rostro en el momento en que me vio.

"Hola Lola", llamó, en voz baja con ese toque de anticipación que había llegado a reconocer. "¿Dónde está tu hermana?"

"Llega tarde", respondí, mirándolo antes de agregar: "¿Qué te importa? ¿Vienes conmigo o qué?

Él se rió entre dientes. "Por supuesto que lo soy".

Sin esperarme, Jason tomó mi mano entre las suyas, empujándome en la dirección correcta mientras intentaba alejarme. Pero algo en su agarre, cálido y firme, me hizo dejar de resistirme. Podría haberme alejado si hubiera querido, pero ¿quería hacerlo? Ésa era la verdadera pregunta. En cambio, le permití que me guiara, mi mente daba vueltas con una mezcla de emoción y nerviosismo. Esta no era una tarde cualquiera, era algo completamente distinto.

Su casa no era nada como esperaba. No fueron las estructuras masivas y modernas que parecían surgir por todas partes estos días. No, esto fue diferente. Era modesto pero encantador, con paredes de color amarillo arena y un techo marrón suave que le daba una calidez acogedora. Se sentía habitado, amado. Cuando nos detuvimos frente a la puerta, Jason se volvió hacia mí con una sonrisa que hizo que mi estómago se revolviera.

"Vamos", instó, sin dejar su mano nunca de la mía. "Quiero mostrarte algo".

En mi mente, bromeé acerca de que estaba a punto de entrar en la guarida de los leones, pero en realidad, mi corazón estaba acelerado. Me sentí como un intruso en su mundo, como si estuviera entrando en algo demasiado íntimo, demasiado privado. Pero lo seguí de todos modos, subí la pequeña escalera y atravesé la puerta, tratando de no dejar que los nervios se apoderaran de mí.

Por dentro, la casa parecía diferente. Las paredes estaban pintadas de un marrón claro, dándole una sensación terrenal y arraigada. Jason me llevó por otro tramo de escaleras, sujetándome la mano con firmeza mientras me guiaba por el pasillo.

"Cierra los ojos", dijo, sonriéndome con picardía.

No pude evitar reírme. "No seas tonto".

Pero hablaba en serio. "Confía en mí", dijo, con voz suave. "Simplemente ciérrelos".

Dudé, pero finalmente hice lo que me pidió. Mi corazón latía con fuerza en mi pecho cuando lo escuché abrir una puerta. Sin previo aviso, Jason tomó suavemente mis manos y me llevó a la habitación. Mis sentidos estaban en alerta máxima, cada instinto me gritaba que abriera los ojos y viera qué estaba pasando, pero me quedé quieto.

Luego, en un movimiento repentino, me soltó. "¡Jason...!" Exclamé, mi voz se llenó de sorpresa y un poco de miedo mientras extendía la mano para abrir los ojos. Pero antes de que pudiera, sentí sus manos cubrir mis ojos por detrás.

"No hagas trampa", murmuró, su voz era una mezcla de alegría y algo más, algo más profundo que no pude identificar.

Lo sentí girarme y, de repente, estaba cayendo hacia atrás, aterrizando suavemente sobre algo cálido. Antes de que pudiera siquiera procesar lo que acababa de suceder, me di cuenta de que estaba sentada en su regazo, frente a una habitación que parecía capturar una parte de él.

Las paredes estaban pintadas de un tono púrpura intenso, casi como una baya, y allí, justo frente a mí, había un estante lleno de CD. Cerca había una guitarra, tanto eléctrica como acústica. Había una computadora portátil negra sobre un escritorio de madera oscura y una cama con marco de madera estaba colocada contra la ventana, ofreciendo una vista del mundo exterior. Fue íntimo, personal. Sentí como si esta habitación fuera el santuario de Jason y, de alguna manera, acababa de entrar en ella.

Los brazos de Jason rodearon mi cintura, acercándome más. Su cabeza se apoyó en mi hombro y, por un momento, me quedé completamente quieta, sin saber qué hacer o cómo reaccionar. Mi corazón se aceleró y mi mente me gritó que me levantara y que me fuera. Pero en lugar de moverme, dejé que el momento se desarrollara. Estaba paralizada, no por el miedo, sino por una extraña mezcla de emociones a las que no podía encontrarle sentido.

Incliné la cabeza, sintiendo la tensión que parecía flotar entre nosotros. El mundo exterior pareció desvanecerse y, durante unos segundos, estábamos solo Jason y yo en este espacio extraño y extraño. Y luego, sin previo aviso, me besó. El mundo se quedó quieto.

Fue suave al principio, vacilante, como si estuviera esperando alguna señal mía, pero no pude encontrar las palabras. En cambio, respondí, dejando que todo lo demás se escapara mientras sus labios se movían contra los míos. Cada pensamiento, cada duda, pasó a un segundo plano. Yo estaba allí, en ese momento, con él. La voz de la razón —de la advertencia— no se encontraba por ninguna parte.

Por primera vez en mucho tiempo me dejé caer en algo sin cuestionarlo. El mundo exterior, las consecuencias, el pasado, todo desapareció. Y por una vez, éramos solo nosotros.

En ese momento, nada más parecía importar.

Sombra de mi pasado

S e alejó lentamente, mirándome con una mirada llena de expectación. Pero lo único que pude oír en el silencio que siguió fue el sonido de los latidos de mi corazón, golpeando con fuerza en mis oídos. La quietud entre nosotros parecía casi asfixiante, el aire estaba cargado de palabras no dichas. Sus labios comenzaron a curvarse en una leve sonrisa, pero me giré ligeramente hacia un lado, incapaz de mirarlo a los ojos, el peso de todo me sofocaba.

"¿Qué ocurre?" preguntó, su voz suave, pero con un toque de preocupación.

Al principio no respondí, mi cuerpo se sentía extrañamente desconectado del momento, como si mi mente estuviera luchando contra algo que no podía entender. Luego, sin pensar, sacudí la cabeza, tratando de alejar los pensamientos que habían comenzado a inundarme. Su sonrisa se amplió, pero pude sentir algo moviéndose en el aire, una tensión que no podía explicar.

Se inclinó y, antes de que me diera cuenta, sus labios casi tocaban los míos otra vez. Podía sentir su aliento en mi piel, cálido y acogedor, pero entonces las compuertas se abrieron y todo lo que había tratado de mantener enterrado salió a la superficie. Lo aparté con un movimiento brusco, mis manos temblaban por la fuerza de las emociones que no podía controlar.

"¿Qué ocurre?" preguntó, ahora con más urgencia, y la preocupación se hizo más profunda en su voz. Dio un paso más cerca, pero yo instintivamente di un paso atrás, mi mente era una tormenta caótica de pensamientos y recuerdos.

"¡No!" Jadeé, la palabra salió más fuerte de lo que pretendía. Mi corazón latía aceleradamente, pero sentía que me estaba asfixiando. ¿Por qué no puedo simplemente ser normal? ¿Por qué no puedo ser como todos los demás? Quería gritar, correr, pero estaba congelada en el lugar, rehén de mi propio pasado.

Se levantó lentamente, con los ojos muy abiertos por la confusión. "¿Qué pasa, Lola? ¿He hecho algo que te moleste? Nunca quise lastimarte. Si lo hice, lo siento. Nunca quise lastimarte".

Mi pecho se apretó ante sus palabras, una oleada de emociones surgiendo a través de mí como un maremoto. No podía respirar. No podía pensar. Todo lo que podía escuchar eran ecos de cosas que se habían dicho antes, cosas que había escuchado demasiadas veces en el pasado.

"¡Basta!" Espeté, las palabras escaparon de algún lugar muy dentro de mí, la crudeza de ellas me sorprendió incluso a mí. Su rostro vaciló por la confusión, pero no había terminado. "¡Nunca vuelvas a decir esa frase! ¿Me oyes? ¡Nunca más!" Mi voz era temblorosa, apenas un susurro, pero llevaba el peso de todo lo que había estado tratando de mantener unido durante tanto tiempo.

"No quise lastimarte, Lola, haga lo que haga..." comenzó de nuevo, pero no pude dejarlo terminar. Las palabras le resultaban demasiado familiares, demasiado dolorosas. Venían de un lugar al que no quería volver. Eran las mismas palabras que había escuchado durante años, una y otra vez, de la persona en la que más debería haber podido confiar.

"¡Basta!" Grité, pero el grito fue rápidamente sofocado por un sollozo que atravesó mi cuerpo. Mis rodillas se doblaron debajo de mí y me desplomé, incapaz de sostenerme por más tiempo. Me entregué al dolor, dejando que me invadiera como una marea contra la que no podía luchar.

"Lola... Lola..." Su voz ahora era suave, llena de ternura. Me abrazó, rodeándome con sus brazos, como si tratara de mantenerme unida, pero sentí que me estaba desmoronando. Mi mente me gritó que lo alejara, que me fuera, pero no pude. No quería estar solo. No quería sentir el espacio frío y vacío que siempre estaba ahí cuando estaba solo.

El recuerdo volvió a mí, espontáneamente. "No volveré a hacerte daño, Lola", las palabras resonaron en mi mente.

"¡Callarse la boca!" Le susurré en el pecho, como si de alguna manera eso fuera a borrarlo. Era la misma voz, la misma promesa, de alguien que me había lastimado más veces de las que podía contar. Alguien que había destrozado mi sentido de seguridad y amor.

"Lola, ¿qué te pasa?" preguntó, su voz llena de confusión y preocupación, pero no pude responder. No pude encontrar las palabras. Las lágrimas caían en oleadas, asfixiándome, y lo único que podía hacer era cerrar los ojos y dejarlas caer. Me estaba ahogando y no sabía nadar.

El mundo que me rodeaba se sentía distante, una confusión de emociones y sensaciones. Sus brazos a mi alrededor eran cálidos, pero no podían ahuyentar el escalofrío que se había instalado en lo más profundo de mis huesos. "Lola", susurró de nuevo, su voz apenas audible. "¿Qué está pasando? ¿Qué hay en tu cabeza?"

Permanecí en silencio durante mucho tiempo, respirando en ráfagas cortas y desiguales. Finalmente, cuando había llorado hasta la última lágrima, cuando mi cuerpo se sentía completamente agotado y agotado, hablé, mi voz apenas era un susurro.

"Mi padre siempre decía exactamente lo mismo".

Se quedó helado. "¿Tu padre?" Las palabras salieron suavemente, con cautela, como si tuviera miedo de decir algo equivocado. Pero no podía parar ahora. Necesitaba que él lo supiera. Necesitaba decirlo en voz alta, para que él entendiera, aunque fuera un poquito.

Asentí, con la cabeza apoyada en su pecho mientras intentaba encontrar las palabras. "Al principio, todo era como una familia de libro ilustrado. Perfecto. Feliz. Mi padre siempre estaba ahí, siempre sonriendo. Pero luego... entonces lo despidieron de su trabajo. Y las cosas empezaron a cambiar. No podía. "Encontré un nuevo trabajo y se quedó sentado ahí, en esa misma silla, mirando la televisión todo el día". Hice una pausa, las palabras surgieron lentamente mientras lo revivía todo en mi mente.

"Empezó a beber. Sólo una cerveza al principio. Y luego fue más. También cosas más fuertes. Bebía hasta altas horas de la noche y yo siempre iba hacia él, intentaba que parara y se fuera a la cama. . Pero él me gritaba. Él decía que era mi culpa. Me insultaba. Y luego... luego me golpeaba. Se me quebró la voz con la última palabra y tuve que detenerme un momento para recomponerme. El dolor todavía estaba fresco, como si acabara de suceder ayer.

"Al día siguiente, veía lo que había hecho. Los moretones. Y luego decía que lo sentía. Decía que nunca más me haría daño, pero siempre lo hizo. Una y otra vez. Y mi madre... ella sabía. Sabía lo que estaba pasando. Pero no lo detuvo. Ella solo miraba. Incluso me envió a buscarlo en la noche para que lo llevara a la cama para no tener que salir de la casa. La odié por eso".

No dijo nada, solo me abrazó con más fuerza y sus dedos acariciaron suavemente mi cabello. El silencio entre nosotros se sentía pesado, pero era un peso reconfortante, algo que me permitió continuar.

"Pero no fue suficiente para que me lastimara", continuó. "Una noche, él también lastimó a mi madre. Y ese fue el punto de quiebre. Al día siguiente, ella lo echó y solicitó el divorcio. Y luego... él se fue". Hice una pausa, tragándome el nudo en la garganta. "Y me quedé sin nada. Nada más que los recuerdos de todo lo que me hizo".

Jason no respondió de inmediato. Él simplemente siguió acariciando mi cabello, su toque suave y tranquilizador. Me sentí segura en sus brazos, a pesar de que mi corazón todavía era una maraña de miedo y confusión.

"¿Sabes dónde está tu padre ahora?" preguntó después de una larga pausa.

Negué con la cabeza. "No. Mi madre... ella cortó todos los lazos. Dijo que era lo mejor. No lo he visto desde entonces".

Jason tarareó suavemente, como si pensara qué decir a continuación. Besó mi cuello suavemente, sus labios permanecieron allí por un momento antes de volver a hablar.

"Lola... sabes que no es tu culpa, ¿verdad?"

No respondí. ¿Qué podría decir? Las palabras que pronunció fueron amables, pero no cambiaron nada. No quitaron el dolor. Simplemente cerré los ojos, enterrando mi cara contra su pecho y permanecí en silencio.

El odio es parte de mi vida

Permanecí en silencio, mirando la pared mientras la voz de Jason resonaba en el silencio de la habitación. "¿Lola?" preguntó, su tono tranquilo pero expectante. No respondí. ¿Qué se suponía que debía decir? Sentí como si cada palabra estuviera envuelta en una trampa, lista para exponer el desastre dentro de mí.

"¿Qué piensas realmente de mí?" Su voz transmitía una sutil urgencia, pero yo permanecí congelada en el lugar.

Finalmente, exhalé y solté una suave risa, mis ojos evitando los suyos. "Creo que eres un chico testarudo que se divierte mucho pasando tiempo con alguien como yo", respondí, tratando de mantener la conversación ligera, fingiendo que no importaba. Pero la verdad era que ya no sabía qué pensar de él.

Hizo una pausa, claramente no satisfecho. "No, en serio", instó.

Puse los ojos en blanco, el sarcasmo entrelazaba mis palabras. "Lo digo en serio. No entiendo por qué te molestas conmigo". Mi respuesta fue más un mecanismo de defensa que cualquier otra cosa, una forma de alejarlo antes de que pudiera acercarse demasiado.

Jason dejó escapar un suspiro, su voz ahora más suave. "Estás totalmente ciega a ti misma. Eres tan bonita y..." Se detuvo, las palabras flotando en el aire entre nosotros.

Respondí bruscamente, interrumpiéndolo antes de que pudiera terminar. "Oh, entonces necesitas un bonito perro faldero a tu lado para impresionar a tus amigos. ¿Dónde está el afortunado?" Forcé una sonrisa, tratando de enmascarar la amargura que se había arraigado en mi pecho.

Su agarre en mi barbilla se apretó, suave pero firmemente, obligándome a mirarlo a los ojos. "No me estás escuchando", dijo, con voz tranquila pero intensa. "Lola... realmente me gustas. ¿Lo entiendes? Porque eres tú".

Lo miré fijamente, incapaz de moverme, mientras el peso de sus palabras lo asimilaba. Jason siempre fue franco, siempre directo. Pero esta vez, su sinceridad me tomó por sorpresa.

"Jason..." Mi voz era temblorosa, insegura, llena de emociones que no quería reconocer.

Puso su dedo índice en mis labios, silenciándome. "No tienes que decir nada al respecto, Lola. Deberías simplemente aceptarlo".

Soltó mi barbilla y sus manos descansaron suavemente a los costados. La habitación pareció encogerse mientras procesaba sus palabras, mientras mis propias emociones se agitaban dentro de mí.

"Solo te haré infeliz", susurré, más para mí que para él, como si decirlo en voz alta lo hiciera realidad.

La mano de Jason recorrió suavemente mi nuca. "Entonces es mi culpa porque no puedo dejarte ir", murmuró, su voz apenas era más que un susurro, pero llena de significado.

Nos tumbamos en el suelo de su habitación, abrazándonos en un momento de tranquila intimidad. No hizo muchos intentos de besarme, como si estuviera contento con simplemente estar cerca, existiendo en este frágil momento. Y por una vez, sentí que era una de las cosas más hermosas que me había pasado jamás.

Pero la realidad consiguió infiltrarse y, al poco tiempo, Jason rompió el silencio.

"Tienes que irte a casa", dijo en voz baja.

"Pero no quiero", respondí, mi voz apagada contra su pecho.

Suspiró, con un toque de exasperación en su voz. "Pero lo hago".

Me aparté un poco para mirarlo, frunciendo el ceño. "¿Entonces no me quieres después de todo?"

Jason me dio un golpe en el costado, con un brillo juguetón en sus ojos. "No, estúpido. No quiero que la policía se presente en mi puerta si tú no apareces en casa y me encierras en una celda que me mantendrá alejado de ti durante semanas".

"Cobarde", murmuré en voz baja, pero él solo se rió y puso los ojos en blanco.

"Está bien", dijo, suspirando fingiendo derrota, mientras abría la puerta principal. "Buena chica".

"Cállate", respondí, pero una sonrisa tiró de las comisuras de mis labios. Me abrazó con fuerza otra vez, robándome un beso rápido antes de que saliera.

Mientras caminaba de regreso a casa, el peso del mundo parecía presionar mi pecho. Cuando llegué, tal como lo había previsto, mi madre estaba parada junto a la ventana, esperando. Tan pronto como me vio, corrió hacia la puerta, con los ojos llenos de esa preocupación calculada y tan familiar.

"Bueno, cariño, ¿cómo estuvo tu día?" preguntó, pero las palabras parecían huecas.

Ni siquiera intenté ocultar la amargura en mi voz. "Te importa un comino", respondí.

Ella suspiró profundamente y su expresión cambió a una de frustración resignada. "Lola. Eso es realmente cierto."

"No", respondí, poniendo los ojos en blanco mientras me daba la vuelta y caminaba hacia mi habitación.

"Por supuesto que es verdad, así que no te molestes", añadió, su voz se apagó cuando cerré la puerta detrás de mí.

Me desplomé en mi cama, exhausto, tanto física como emocionalmente. "¿No quieres comer nada?" gritó desde la cocina.

"¡No tengo hambre!" Mi voz era aguda, cortando la tensión que persistía en la casa.

Mis ojos se posaron en mi mochila y gemí para mis adentros. Maldita sea, todavía tenía tarea que hacer. De mala gana, me senté y comencé con mis tareas, pero lo único en lo que podía pensar era en Jason, en lo diferente que parecía de los demás, en cómo su afecto me hacía sentir como si no fuera un error más en el mundo.

Pero ese sentimiento fue fugaz.

Las pesadillas regresaron esa noche.

Me desperté sobresaltada, jadeando por aire mientras mi corazón se aceleraba en mi pecho. Mi cuerpo tembló mientras me acurrucaba en la cama, formando un ovillo, tratando de alejar los recuerdos que siempre parecían aflorar en la oscuridad. El frío de la noche me envolvió y pude sentir el familiar ardor de las lágrimas mientras empapaban la almohada debajo de mí.

"¡Tu culpa! ¡Esto es tu culpa, Lola!" La voz de mi padre resonó en mi mente, cortando el silencio. Me estaba apuntando con la botella de vodka, con el rostro contraído por la ira. "Hasta ahora sólo has causado problemas. Tenemos que alimentarte y proporcionarte todo. ¡Solo estás causando problemas de dinero!"

Las lágrimas corrían silenciosamente por mi rostro mientras me encogía más dentro de mí. Casi podía sentir sus crueles palabras cortando mi piel.

"Papá, no... te amo. No quiero causar ningún problema. Por favor, papá, deja la botella y vete a la cama". Mi voz era un susurro, pero mi desesperación se aferraba a cada sílaba.

Él simplemente se rió, un sonido oscuro y hueco que resonó en mis oídos. Sin previo aviso, me arrojó una de las latas de cerveza vacías y su ira se derramó como una inundación. "¡Irse!" gritó, sus palabras llenas de veneno.

"No, papá... por favor", le rogué, yendo a mi madre en busca de ayuda.

Pero ella estaba inmóvil, observando desde el margen cómo se desarrollaba el caos. "¡Mamá!" Grité de nuevo, mi voz quebrada por el miedo.

"Te lo mereces, Lola", dijo fríamente, dándose la vuelta y dejándome allí para enfrentar la tormenta.

Los golpes siguieron llegando, cada uno de ellos un doloroso recordatorio de todo lo que estaba mal en mi mundo.

"¡Vete, mocoso desagradecido!" gritó mi padre. Lanzó la botella y se hizo añicos contra la pared, el sonido resonó en mis oídos.

Y luego grité.

Me desperté sacudida, jadeando por respirar y con el cuerpo empapado de sudor. La habitación estaba a oscuras y por un momento no pude recordar dónde estaba. Todavía estaba atrapada en los restos de la pesadilla, todavía sintiendo el peso de la violencia que había dado forma a mi vida.

Las pesadillas habían vuelto. Y con ellos, también lo fue el dolor.

Noches tormentosas

"¿Lola? ¿Qué está sucediendo? ¡Te ves horrible! La voz de Amber atravesó mis pensamientos confusos mientras me miraba con preocupación. Ni siquiera tuve la energía para responder, simplemente me encogí de hombros débilmente. "Simplemente no dormí bien. Eso es todo —murmuré, tratando de quitarle importancia a su preocupación. Pero Amber no se dejó engañar. Ella sacudió la cabeza y una sonrisa exasperada apareció en sus labios. "Siempre tienes problemas para dormir, Lola. Es como algo normal ahora". Me quedé mirando el escritorio frente a mí, sintiendo el peso de sus palabras. Ella tenía razón, por supuesto. Desde que sucedió, no había dormido toda la noche.

Sonó el timbre, señalando el descanso, y entramos en la sala de descanso. Amber ya hablaba animadamente de la tormenta que se avecinaba en los próximos días. "¡Va a ser enorme, Lola! Lo has oído, ¿verdad? Una gran tormenta, vientos aullando, lluvia a cántaros. ¡Incluso podríamos quedarnos atrapados dentro durante días! Su entusiasmo era casi contagioso, pero yo estaba demasiado cansado para igualar su energía. Me froté los ojos y bostecé, apenas registrando sus palabras. "¿Una tormenta?" Murmuré, sin mucho interés. "¡Sí! ¡Un grande, con todo! Tal vez incluso tengamos un día libre de tormentas, ¿no sería algo extraordinario? Amber se rió, ajena al hecho de que apenas podía mantener la calma.

Asentí, una sonrisa a medias tirando de mis labios. "Tal vez."

Sonó el timbre, sacándome de mi aturdimiento. "¡Lola! ¡Tienes una visita! La voz de mi madre resonó desde abajo. Gemí, levantándome de mala gana de mi asiento. "¡Sí, ya voy!" Bajé las escaleras, todavía atontado por la falta de sueño. Y allí estaba él, de pie en el pasillo: Jason.

"¿Qué... qué estás haciendo aquí?" Me detuve en seco, con la sorpresa escrita en toda mi cara. Él sonrió, esa sonrisa arrogante que nunca dejaba de hacer que mi corazón diera un vuelco.

"Bueno, vine a visitarte", dijo casualmente, con los ojos brillando con picardía. Antes de que mi madre pudiera decir algo, tomé su mano y lo arrastré hacia mi habitación. "¿No has aprendido a anunciar tus visitas?" Le lancé una mirada burlona.

"Pero no estaba seguro de que me dejarías entrar", respondió, todavía sonriendo, la misma sonrisa que siempre me hizo sentir como si fuera el centro de su mundo.

"¿Me dejarás abrazarte?" preguntó, en voz baja y juguetona. Reprimí una sonrisa. "Ahora que estás aquí... seguro".

Justo cuando nos estábamos acomodando, sonó un golpe en la puerta. "¿Lola?" La voz de mi madre era severa y rápidamente me aparté de Jason.

"¿Qué es?" Pregunté, tratando de actuar casualmente.

Mi madre entró y nos miró a ambos. "La tormenta ha comenzado. Deberías enviarlo a casa antes de que empeore". Jason, que había estado mirando por la ventana, parecía inseguro. "Preferiría quedarme aquí. ¿Estaría bien? preguntó, con voz vacilante por primera vez.

Mi madre guardó silencio por un momento antes de asentir, aunque de mala gana. "Está bien. Pero deberías llamar a tu mamá y hacérselo saber".

Jason asintió, una sonrisa tirando de sus labios. Cogió su teléfono y llamó rápidamente a su madre para explicarle la situación. Después de una breve conversación, colgó y se volvió hacia mí. "Parece que estoy atrapado aquí contigo".

"¿Planeaste esto?" Pregunté, tratando de actuar molesto pero fallando miserablemente.

"No, pero lo esperaba", admitió, sonriendo ampliamente.

Sentí que mi cara se calentaba cuando me miró en ropa de dormir. "Deja de mirar", murmuré, avergonzado.

"Te ves bonita", dijo, y mi corazón dio un pequeño vuelco. "Cállate", murmuré, recostándome en mi cama, enterrando mi cara en la almohada.

"¿Puedo dormir en tu cama?" Preguntó Jason, y pude escuchar la burla en su voz. Me volví para mirarlo, con la cara sonrojada.

"No. Deberías dormir en el sofá", respondí, tratando de sonar firme.

Pero mientras intentaba conciliar el sueño, no pude evitar sentir la atracción de su presencia en la habitación. Las pesadillas, los recuerdos oscuros... No quería que él los escuchara. Así que me quedé despierto, mirando al techo, viéndolo dormir. Su rostro estaba tranquilo, imperturbable por los horrores que atormentaban mi mente todas las noches. Lo envidiaba.

Temprano en la mañana, lo oí moverse y luego levantarse para ir al baño. Cuando regresó, se sentó a mi lado y su cálida mano rozó mi cabello. Me tensé, pero luego él acarició suavemente mi cabeza, su toque me tranquilizó. Me di la vuelta, apoyándome contra él.

"¿Lola?" Su voz era suave, sorprendida. Murmuré: "¿Hm?"

"Abre los ojos", me instó, y yo lo hice de mala gana.

"Eres muy mala fingiendo dormir", bromeó. "La próxima vez, esfuérzate más si quieres engañarme".

"Idiota", refunfuñé, pero no pude evitar la pequeña sonrisa que apareció en mis labios.

Él sonrió y me hizo cosquillas en el cuello. "Con mucho gusto. Ahora levántate. Tu madre ya nos preparó el desayuno".

Gemí, pero la idea de la comida me hizo levantarme, aunque lentamente. La tormenta todavía aullaba fuera de la ventana, pero la calidez de la presencia de Jason a mi lado hizo que fuera más fácil afrontar el día.

Noches de tormenta... ¿No hemos tenido eso ya?

Mientras nos sentábamos a la mesa, mi madre me miró con sospecha. "Bueno, ¿parezco embarazada todavía?" Pregunté secamente, tratando de aligerar el ambiente. Mi madre casi se ahoga con el café y no pude evitar sentir un poco de satisfacción por su reacción. Jason, siempre el que encuentra humor en todo, sonrió para sí y me sirvió un poco de chocolate caliente.

"Hmm... gracias", dije, tomando un sorbo. Me guiñó un ojo y sentí que un sonrojo subía por mi cuello. Mi madre me lanzó una mirada, todavía procesando lo que había dicho.

"Bueno, creo que la madre de Jason probablemente esté preocupada por ti", comenzó mi madre, pero Jason interrumpió suavemente.

"No, ella está encantada de que esté aquí. Estaría mucho más preocupada si tuviera que conducir a casa en medio de esta tormenta".

Contuve una risa, sintiéndome divertida por su habilidad para hablar suavemente con mi mamá. "Oh, estoy seguro", dije, tratando de mantener la calma.

"¿Qué más quieres hacer hoy?" Jason preguntó, volviéndose hacia mí. Me encogí de hombros, sintiendo una sensación de apatía.

"Poco. Podríamos tener un día de DVD", sugerí.

"Suena bien", respondió, y rápidamente terminamos nuestro desayuno y nos retiramos a mi habitación. Cerramos la puerta detrás de nosotros y me senté en el sofá, sintiéndome extrañamente cómoda con él a mi lado.

Poco después, se unió a mí y me rodeó con su brazo. Afuera la tormenta todavía ardía, pero el calor de su cuerpo nos hacía sentir como si estuviéramos en nuestro pequeño mundo.

Mientras pasaba la película, comencé a sentirme somnoliento y mis párpados estaban pesados por la fatiga. Pero entonces, de la nada, llegó la pesadilla.

"¡Es tu culpa, Lola!" La voz de mi padre resonó en mi mente, dura y acusadora. "¡Vete, pedazo de basura llorón!"

La pesadilla era tan real que podía sentir mi corazón acelerarse y sentir el pánico. "¡Ahh!" Grité, levantándome de golpe en un sudor frío.

"¡Lola! Oye, Lola, está bien. Fue sólo un sueño", la voz de Jason era tranquila y tranquilizadora. Me rodeó con sus brazos, acercándome. Temblé entre sollozos, mi corazón todavía aceleraba por el terror que acababa de experimentar.

"Está bien, Lola. Estoy aquí", susurró, acariciando mi cabello suavemente. "Cuéntame qué pasó. ¿Qué soñaste?

Dudé, con la garganta apretada, pero finalmente logré susurrar: "Mi... mi papá... él..."

"Shhh", me tranquilizó Jason, meciéndome suavemente en sus brazos. "No es tu culpa. No te culpes".

Enterré mi cara en su pecho, mis lágrimas empaparon su camisa. No dijo nada más, solo me abrazó. El consuelo de su abrazo hizo que todo se sintiera un poquito mejor.

"Estoy aquí, Lola. Si alguna vez intenta hacerte daño otra vez, le daré un puñetazo", dijo Jason con voz feroz.

Logré esbozar una débil sonrisa, agradecida por sus palabras, por su protección. Me acostó en mi cama, con cuidado de hacerme sentir cómoda.

"Duerme ahora", dijo, sentándose a mi lado. "Yo te protegeré".

Cerré los ojos y me sentí segura por primera vez en lo que me pareció una eternidad.

Cuando me desperté, la luz del sol me cegaba y tuve que entrecerrar los ojos para adaptarme. Desorientado, me senté y me di cuenta de que en realidad había dormido toda la noche.

"¿Y? ¿Cómo estás?" La voz de Jason era suave a mi lado y sonreí en respuesta.

"Bien", dije, estirándome.

"¿Sin pesadillas?" preguntó, con los ojos llenos de preocupación.

"No", respondí con una pequeña sonrisa.

Jason sonrió y me besó suavemente en la frente. "Ya has dormido lo suficiente. Levantarse. La tormenta ha pasado".

"¿Cuánto tiempo dormí?" Pregunté, todavía no completamente despierto.

"Un par de horas. Realmente lo necesitabas, Lola".

Al levantarme de la cama, me di cuenta de que, después de todo, tal vez las cosas no estuvieran tan mal. Quizás Jason realmente era mi lugar seguro.

Misterio de la carta

La mirada de Amber se detuvo en mí, sus ojos no parpadearon, ni siquiera cuando levanté una ceja en silenciosa pregunta. Después de un momento largo e incómodo, no pude soportarlo más. "¿Qué es?" Finalmente pregunté. "¿Tengo algo en la cara?" Me sentí un poco cohibido y me pregunté si me había perdido algo.

Amber suspiró, como si hubiera estado reprimiendo lo obvio durante demasiado tiempo. "No tienes círculos oscuros debajo de los ojos".

Parpadeé confundida, sorprendida por la observación. Mi mano instintivamente se levantó para tocar uno de mis ojos. "¿Sí? Lola, ¿qué intentas decir sobre eso?

Ella dudó por un momento, luego simplemente dijo: "Uh... en absoluto", antes de que la conversación fuera rápidamente descartada con un profundo suspiro. La profesora de física, percibiendo lo extraño del intercambio, continuó su conferencia y yo bajé la mano, un poco avergonzado. Me incliné más cerca de Amber y le hablé en voz baja. "¿Realmente se notaban tanto los círculos oscuros bajo mis ojos?"

Amber hizo una pausa, mirándome por un momento, su tono ahora más suave. "De vez en cuando", dijo, las palabras flotando en el aire como un juicio silencioso. Maldita sea. Siempre me aseguré de ocultarlos lo mejor que pude, pero aparentemente no había tenido éxito.

"¿Quién lo hace?" Añadió Amber en voz baja, con una sonrisa burlona jugando en sus labios. "Parece realmente bueno para ti".

Sentí mis mejillas sonrojarse, un repentino calor se extendió por mi rostro. "¿OMS?" Tartamudeé, fingiendo no saber exactamente a qué se refería.

"Sabes exactamente de quién estoy hablando, Lola", bromeó de nuevo, su tono un poco demasiado complaciente.

Logré encogerme de hombros un poco avergonzado, mientras mi mente corría buscando una salida. "Mmm."

Amber se acercó y su voz se convirtió en un susurro. "Pero en serio, Lola, me alegro mucho de que esté ahí para ti".

No respondí de inmediato. Simplemente asentí y copié las notas de física del pizarrón en silencio, el revoloteo en mi estómago me distraía demasiado para seguir conversando. Las palabras de Amber se quedaron conmigo mientras caminaba durante el resto del día, la tensión de sus burlas persistía en mi mente.

Más tarde, Jason me encontró cuando salíamos de la escuela. Me envolvió en sus brazos y, antes de que me diera cuenta, sus labios se presionaron contra los míos, dejando un cálido beso. "Hola Lola", murmuró, en voz baja y reconfortante.

"¡Jason, todos nos están mirando!" Susurré en protesta, mirando las miradas curiosas de los otros estudiantes. Su sonrisa sólo se hizo más amplia y se inclinó más cerca.

"Deberías estar callado. Todavía no lo entiendes, ¿verdad? -susurró en respuesta, sus palabras eran provocativas, aunque su tono estaba lleno de afecto.

Riendo, lo aparté juguetonamente, no del todo cómodo con la atención que estábamos atrayendo, pero disfrutándolo en secreto también. Salí por las puertas de la escuela y sentí su mano deslizarse naturalmente en la mía.

"Mi madre volverá a causar estrés", murmuré, casi como una advertencia.

Jason puso los ojos en blanco con una sonrisa de complicidad. "¿Y? Ese es su derecho maternal".

Le lancé una mirada de reojo. "Deja de ser tan malditamente diplomático".

"Entonces deja de ser siempre rebelde cuando se trata de ella", replicó, y su voz tenía esa familiar nota burlona.

"¿Estás realmente a favor o en contra de mí ahora?" Pregunté, un poco exasperada.

"Por supuesto que estoy a tu favor", dijo, casi demasiado rápido, pero había un toque de algo más serio debajo de sus palabras.

"No lo parece", respondí. "Sabes exactamente cómo es ella. O mejor dicho, lo que ella no hizo".

Jason permaneció en silencio por un momento antes de responder, su voz ahora más suave. "Sí, pero tu padre tampoco se comportó de manera particularmente digna de crédito".

Eso me golpeó fuerte y me quedé en silencio. ¿Qué podría decir? Mi padre había decidido alejarse de nosotros cuando las cosas se pusieron difíciles, dejándome a mí cargar con el peso de ese abandono. ¿Cómo podría defenderlo?

Cuando finalmente llegamos a mi casa, Jason suspiró profundamente, su frustración era palpable. "Lo siento, Lola", dijo, con la voz llena de emoción. "Pero la idea de que él simplemente se vaya, dejándote con todas estas pesadillas... ¿Cómo puedes hacer algo así?"

Me encogí de hombros, aunque el peso de la conversación me hacía difícil respirar. "No sé. Debe haber tenido sus razones".

Jason se quedó en silencio por un momento antes de volver a hablar. "Ya no estaba interesado en nosotros. El alcohol era más importante para él".

En ese momento apareció mi madre en la puerta de la cocina, con los brazos cruzados. La tensión en el aire se hizo más espesa.

"¿Alguna vez ha hecho algún esfuerzo por hablar contigo de nuevo?" —preguntó con tono agudo, aunque había algo más suave en sus ojos.

Bajé la cabeza, evitando su mirada. "Él no quiere nada más de nosotros, Lola", dije en voz baja.

La voz de mi madre bajó, casi amarga. "También le prohibiste volver. Dijiste que lo denunciarías si alguna vez volvía a verte cuando prometió que regresaría una vez que todo estuviera bien nuevamente".

Mantuve la cabeza baja. Las palabras de mi madre dolieron, aunque eran verdad. Pero no se trataba sólo de la traición de mi padre. Había más. "Sube las escaleras, Jason. ¿Bueno?" Dije en voz baja.

Jason dudó por un momento pero luego asintió. "Voy a subir ahora mismo". Me dio una última mirada preocupada antes de subir las escaleras.

Me quedé allí en la cocina, incapaz de ocultar más mi frustración. Las palabras de mi madre fueron más profundas de lo que esperaba. "¡Te lastimó, Lola! ¿Cómo puedes todavía amarlo tanto? gritó, alzando la voz.

Las palabras, la ira, todo parecía demasiado. Me volví hacia ella y mis emociones se desbordaron de una manera que no podía controlar. "¡No te importó lo que me hizo!" espeté. "Simplemente miraste hacia otro lado, feliz de no estar en mi lugar. ¡Eras un cobarde! ¡Eres la última persona que tiene derecho a juzgarme!

El rostro de mi madre se congeló, una mezcla de sorpresa y dolor apareció en sus ojos.

"¡Maldita sea!" Continué, mi voz temblaba de frustración. "¿Y sabes qué? ¡Lo amo más que a ti!

Por primera vez en mi vida, la vi romperse. Sus hombros se hundieron y su rostro se contrajo de emoción. "Bueno, entonces ve con tu maravilloso padre", escupió, con la voz llena de furia y amargura. "Vayan y ambos serán felices nuevamente, tal como él quiso desde el principio. ¡Estará feliz de que sus cartas hayan tenido impacto!"

¿Letras?

Me detuve en seco, las palabras resonaban en mi cabeza. ¿Qué letras?

La mano de mi madre se llevó a la boca, como si se diera cuenta demasiado tarde de que había dicho algo que no debería haber dicho. Vi lágrimas brotar de sus ojos mientras se alejaba de mí. "¿Qué no me estás diciendo?" Exigí, mi voz un poco más urgente ahora.

Ella se giró, con los ojos llenos de arrepentimiento, pero también de algo más, algo que no pude identificar. "Yo... no debería haber dicho eso, Lola. Él te lastimó. Quería protegerte... Él nunca debería volver a acercarse a ti".

No sabía qué pensar. "¿Dónde están las cartas?" Pregunté, la pregunta surgió antes de que pudiera detenerme.

Mi madre vaciló, un silencio largo e incómodo se extendió entre nosotros antes de que finalmente saliera de la cocina y regresara momentos después con un puñado de cartas en sus manos.

"Sólo quería protegerte", murmuró, con la voz quebrada.

Mi corazón se aceleró. ¿Letras? ¿De mi padre? ¿Por qué no me había hablado de ellos antes? ¿Qué había en ellos? ¿Qué podrían revelar?

Sin decir una palabra más, subí corriendo escaleras arriba, el peso de las cartas y las palabras de mi madre presionándome como una niebla asfixiante. Cerré la puerta detrás de mí y me encerré.

Jason estaba sentado en la cama, con expresión preocupada pero comprensiva. Antes de que pudiera hablar, me arrojé a sus brazos, sin poder contener más las lágrimas. La verdad se estaba desmoronando a mi alrededor y me estaba ahogando en ella.

"Lola", susurró Jason suavemente, su voz firme y tranquila mientras yo lloraba en su pecho. El misterio de las cartas se cernía sobre mí, pero por el momento no podía pensar en ellas. Sólo necesitaba estar en sus brazos, donde todo se sentía un poco más seguro.

se supone que debe doler

M e había estado enviando cartas. Al menos uno cada mes, desde que se fue. ¿Puedes siquiera imaginar eso? Jason pasó suavemente sus dedos por mi cabello, su toque era cálido y relajante. "No, no puedo. Pero tal vez necesito reconsiderar todo lo que pensé sobre tu padre".

Sonreí levemente y miré la pila de cartas esparcidas por mi cama. Su presencia parecía burlarse de mí, trayendo a la superficie tantos recuerdos dolorosos que no estaba seguro de estar preparado para afrontarlos. "¿No quieres abrirlos?" Preguntó Jason, su voz suave, pero negué con la cabeza rápidamente.

"Ahora no", respondí, mi voz apenas era más que un susurro.

Jason me miró por un momento, la incertidumbre cruzó por su rostro. "¿Debería ir entonces? ¿Preferirías leerlos solo?"

Tiré de su brazo y lo acerqué a mi lado. "No, por favor quédate aquí", susurré, mi voz llena de emoción. "Pero... realmente necesito ducharme primero. Las duchas en el gimnasio son terribles".

Jason se rió suavemente, claramente tratando de aligerar el ambiente, pero solo asintió, comprendiendo. "Está bien. Esperaré."

Me levanté y caminé hacia el baño con pasos pesados, mi mente consumida por los pensamientos de las cartas. Cuando entré al baño, cerré la puerta detrás de mí y la trabé, necesitaba algo de espacio, algo de tiempo para respirar. El peso de las letras se sentía más pesado con cada segundo que pasaba. Me desnudé lentamente y me até el cabello en un moño desordenado, el agua corriendo por mis manos antes de meterme bajo el arroyo.

Con los ojos cerrados, dejo que el agua se derrame sobre mí, dejando que el calor envuelva mi cuerpo. Giré la perilla, calentando el agua, subiéndola a un nivel casi insoportable. El calor me ardía, pero no me importaba. Quería que doliera. Quería sentir algo, cualquier cosa, aparte del dolor constante en mi pecho. Mis dedos agarraron con fuerza el controlador de la ducha, tratando de concentrarme en el dolor físico como una forma de distraerme de la agitación emocional que burbujeaba dentro de mí.

De repente, la puerta del baño se abrió con un chirrido y me quedé paralizada. "Lo siento, Lola, pero..." La voz de Jason vaciló cuando entró en la habitación, sus ojos se abrieron tan pronto como me vio. Suspiré, mis hombros se hundieron con resignación. El momento se arruinó.

Rápidamente bajé la cabeza y cerré el agua, el repentino escalofrío golpeó mi piel mientras envolvía una toalla alrededor de mi cuerpo. "Dame la toalla, por favor", murmuré, mi voz apenas era más que un susurro. Jason me lo entregó sin decir nada, pero la expresión de su rostro era una mezcla de preocupación y confusión.

Cuando me di vuelta, tratando de mantener algo de modestia, la voz de Jason rompió el silencio. "¿Tu madre nunca te dijo que no molestaras a una chica mientras se duchaba?"

Le solté una pequeña y débil risa, pero no llegó a mis ojos. "¿Por qué hiciste eso? Podrías haberte quemado", dijo Jason, con la voz llena de preocupación.

Me encogí de hombros, sin querer entrar en eso. "Debería doler. Ese es el punto", murmuré, mirando al suelo.

Jason levantó una ceja. "No creo que eso sea saludable, Lola".

Resoplé suavemente, el sonido seco y amargo. "Sólo me gusta tomar una ducha caliente", dije rotundamente.

"El agua no estaba caliente, Lola", respondió. "¡Era más como hervir!"

Puse los ojos en blanco. "Oh cielos..." murmuré en voz baja, demasiado cansada para discutir.

Pero antes de que pudiera pasar a su lado, Jason me agarró el brazo con suavidad pero con firmeza y lo giró para mirarlo. En el momento en que sus dedos rozaron el interior de mi brazo, me estremecí.

"¡Ay! ¡Suéltalo!" Grité, tratando de alejarme. Pero no lo hizo. Sus ojos se llenaron de preocupación mientras miraba las dos finas y descoloridas cicatrices que recorrían mi brazo.

"¿Querías agregar un tercero?" preguntó, su voz suave pero llena de incredulidad.

Liberé mi brazo de un tirón. "¿De qué tonterías estás hablando? ¡No me voy a cortar!"

La expresión de Jason se oscureció y sus cejas se fruncieron con preocupación. "¿No? Pero seguro que se ve diferente."

Sentí que se me hundía el estómago. Quería pasar a su lado y escapar de la confrontación, pero bloqueó la puerta. "¿Qué se supone que significa eso?" —espeté, tratando de evitar su mirada. "Déjame ir."

"No te irás hasta que me digas la verdad", dijo, con voz firme, y pude ver la preocupación grabada en cada línea de su rostro.

Respiré profundamente, la frustración burbujeaba dentro de mí. "No hagas esto, Jason", le advertí.

Pero él fue implacable. "Lo digo en serio, Lola. No iré a ninguna parte hasta que hables conmigo. En serio".

Nos quedamos allí, mirándonos el uno al otro, el aire cargado de tensión.

Finalmente, suspiré y me di la vuelta, envolviéndome en la toalla. Comencé a vestirme, el silencio entre nosotros se hacía más pesado a cada segundo. Podía sentir su mirada sobre mí y sabía que no iba a permitir que evitara la verdad por mucho más tiempo.

Jason se movió incómodo, su rostro se puso rojo mientras rápidamente miraba hacia otro lado, sin querer empeorar las cosas. Mientras me ponía la ropa interior, él no pudo resistirse a echar otra mirada furtiva y se le cortó el aliento en la garganta. Bajé la cabeza, avergonzada de la vulnerabilidad del momento.

Dudó por un momento antes de caminar lentamente hacia mí. "Es... es que..." tartamudeó, su voz suave e incierta, como si tuviera miedo de pronunciar las palabras.

"Sí", dije en voz baja, con la voz entrecortada. "Fue entonces cuando me golpeó la botella. Tuvieron que coserme".

Los ojos de Jason se abrieron cuando colocó con cuidado su cálida mano sobre la cicatriz que marcaba mi omóplato izquierdo. "Lola..."

Cerré los ojos y respiré temblorosamente, tratando de estabilizarme. "No me corto. Ya no", susurré, mi voz apenas audible. "Empecé cuando él... cuando empezó a golpearme. Dijo que todo era culpa mía. Y por un tiempo, le creí. Me dolía... me dolía mucho. Pero al menos podía sentir algo. Por Por un momento ya no me sentí vacío. Cuando me arrojó la botella y tuve que ir al hospital, me tomó la mano y se disculpó. Dijo que lo sentía porque le quedaría una cicatriz, y se veía así. triste... fue entonces cuando paré, no quería agregar más cicatrices. a mi cuerpo. Especialmente porque mi papá los odiaba tanto".

Las lágrimas nublaron mi visión cuando Jason me tomó suavemente entre sus brazos. Me abrazó con fuerza, su voz suave mientras susurraba: "Eres hermosa, Lola. Por dentro y por fuera. No te hagas esto".

La calidez de su abrazo fue el único consuelo que tuve. Quizás... quizás pueda empezar a sanar. Si él permaneciera a mi lado, tal vez podría encontrar una manera de dejar de destruirme.

Las lágrimas brotaron espontáneamente y las dejé caer libremente, sintiendo los brazos de Jason rodeándome, arraigándome en el momento. Por primera vez en mucho tiempo, me permití tener esperanzas.

Reconciliación

Las lágrimas brotaron de mis ojos mientras dejaba la última carta sobre la cama, mis dedos temblaban levemente mientras rozaban la pila de papel que me había traído aquí. Nunca esperé recibir algo así de mi padre, no después de todo lo que había pasado entre nosotros. Me dolía el corazón con emociones encontradas: alivio, tristeza, confusión. Las palabras que había escrito eran sinceras, sus arrepentimientos quedaban al descubierto y una parte de mí quería creerle. ¿Pero podría?

"Jason", susurré, con la voz entrecortada, "¿podrías... podrías por favor abrazarme?"

Sin dudarlo, Jason se acercó y me rodeó con sus brazos con una ternura que me reconfortaba y al mismo tiempo me inquietaba. Su presencia se había convertido en mi ancla, lo único en lo que podía confiar en esta tormenta. Pero ahora, en la encrucijada de la curación y el perdón, no estaba segura de qué hacer a continuación.

"Lola... Deberías buscar a tu padre", murmuró, con voz suave pero firme.

Cerré los ojos y enterré mi rostro en su pecho, inhalando su familiar aroma. Era una conexión a tierra, como si todo estuviera bien mientras él estuviera allí. ¿Pero qué significaba esto? ¿Qué significó para mí enfrentar mi pasado?

"No lo sé", suspiré, mis palabras llenas de incertidumbre. "Mi mamá se va a asustar".

La idea me hizo sonreír levemente, a pesar del peso que presionaba mi pecho. Jason me revolvió el pelo en broma y su risa alivió algo de la tensión.

"Deberías acudir a tu padre en aras de la reconciliación, no para engañar a tu madre", bromeó.

Incliné la cabeza hacia atrás y encontré su mirada. "No dije nada diferente", respondí en voz baja.

Él sonrió, apretándome antes de plantar un suave beso en mi frente.

"Pero... vendrás conmigo, ¿verdad? Quiero decir, ¿cuándo lo encuentre?

"Si eso es lo que quieres, Lola..." Hizo una pausa y luego asintió con resolución. "Entonces, por supuesto, iré contigo".

Sentí una oleada de alivio invadirme mientras me acurrucaba más cerca de sus brazos. Con Jason a mi lado, tal vez podría hacer esto. Tal vez podría volver a enfrentarme a mi padre y empezar a sanar las heridas que se habían supurado durante tanto tiempo.

"¿Pero dónde debería buscar?" Pregunté, mi mente todavía corriendo con los aspectos prácticos.

"¿No hay ninguna dirección del remitente en los sobres?" Preguntó Jason, sacando una de las cartas de la pila.

Me congelé y me di cuenta. "Ni siquiera pensé en eso..."

"Por eso me atrapaste", bromeó, empujándome con el hombro.

Riendo suavemente, le di un golpe juguetón en el estómago. "Ow... está bien, está bien, lo retiro". Le dio la vuelta al sobre y sus ojos escanearon la información.

"¿Y?" Pregunté con entusiasmo, conteniendo la respiración.

Los ojos de Jason se abrieron con sorpresa. "¡Eso... eso está apenas a 10 kilómetros de aquí!"

Me quedé mirando la dirección con incredulidad. Mi padre había estado viviendo muy cerca todo este tiempo y yo ni siquiera lo sabía. Mis pensamientos eran un torbellino de emociones: emoción, miedo y un abrumador sentido de responsabilidad.

"¿Nos vamos?" Preguntó Jason, con la mano extendida hacia mí.

"¿Ahora?" Pregunté, mi voz temblaba ligeramente.

"Si no tienes miedo, entonces sí. Ahora."

EN BUSCA DE UN MAÑANA MEJOR 75

Me mordí el labio inferior, dudando sólo por un momento. Luego, respirando profundamente, puse mi mano en la suya.

Anduvimos en bicicleta por las calles, tomando curvas y rectas. El sol del final de la tarde proyecta largas sombras sobre la acera y el mundo que nos rodea se siente distante, como si estuviéramos en un sueño. Cada giro que dábamos nos acercaba a una confrontación que yo había evitado durante años.

Pronto llegamos al lugar. Reduje la velocidad de mi bicicleta instintivamente, mi corazón latía con fuerza en mi pecho. No era una mansión ni una gran casa, sino una casa modesta, anodina y corriente.

"Vamos", instó Jason, su voz firme a pesar de la tensión en el aire.

Nerviosa, lo seguí mientras volvía a sacar el sobre, comprobando la dirección. Sus pasos eran seguros, pero los míos eran vacilantes, cada uno más pesado que el anterior. Nos detuvimos frente a un pequeño camino de entrada. Jason miró la casa y luego a mí. "Aquí lo tienes."

"¿Está seguro?" Pregunté, la incertidumbre arrastrándose en mi voz.

"Estoy seguro", respondió Jason. "Vamos."

Quería correr, huir de la realidad de todo esto, pero me quedé a su lado, cada paso se sentía como una batalla. Llegamos a la puerta y llamé al timbre con la mano temblando. Momentos después, una mujer abrió la puerta y me quedé paralizado.

"¿Sí?" preguntó ella, su expresión neutral.

"Oh, lo siento", tartamudeé, dando un paso atrás. Pero Jason me detuvo antes de que pudiera irme.

"Espera", dijo. "Disculpe, pero... ¿vive aquí alguien llamado Paul?"

Antes de que la mujer pudiera responder, escuché una voz desde el interior de la casa. "Rebeca, ¿quién está ahí?"

Mi corazón se detuvo. Era su voz. La voz de mi padre. Fue real.

Me volví para mirar a la mujer y se me cortó el aliento. "Papá..." susurré, mi voz apenas audible.

Mi padre salió de detrás de Rebecca y abrió mucho los ojos al verme. Se detuvo en seco, con la incredulidad escrita en su rostro.

"¿Lola? ¿Eres realmente tú? preguntó, con la voz temblorosa.

No podía moverme. No podía hablar. Todos estos años de ira, resentimiento y confusión se derrumbaron sobre mí en ese momento. Crucé los brazos protectoramente sobre mi pecho, la barrera entre nosotros ahora era tan real como los años que habían pasado.

"Hola, papá", dije en voz baja, mi voz llena de tensión.

El silencio entre nosotros se sintió asfixiante. Me preguntaba si me despediría, si seguiría siendo el hombre que había dejado atrás, el hombre que con tanto esfuerzo había intentado olvidar.

"¿Qué... qué estás haciendo aquí?" preguntó, todavía sin estar seguro de cómo proceder.

"Recibí tus cartas", dije, con un nudo en la garganta.

Pareció encogerse ante mis palabras, su rostro era una mezcla de culpa e impotencia. "Ah... entonces tu madre te dejó leerlos después de todo".

"No", respondí con firmeza. "Hoy descubrí que ella me los ha estado ocultando".

Parecía perdido, sus manos se movían inquietas como si no supiera qué hacer con ellas. "¿Sigue siendo cierto lo que escribiste? ¿Hablabas en serio?

"¡Por supuesto, Lola!" Su voz se quebró. "Nunca querría mentirte".

Me miró desesperado, pero no pude decir si su remordimiento era real, si las palabras que dijo ahora eran la verdad o simplemente otra forma de manipulación. Entonces Rebecca intervino con voz tranquilizadora.

"Creo que deberíamos discutir todo esto cómodamente en el interior, tomando una taza de té o café", sugirió.

"Sí... sí, deberíamos", estuvo de acuerdo mi padre, haciéndose a un lado para permitirnos entrar. La mano de Jason encontró la mía y los seguimos al interior.

La habitación era acogedora y nos sentamos uno frente al otro: mi padre y Rebecca a un lado, Jason y yo al otro. Me sentí surrealista, como si estuviera viendo una escena de la vida de otra persona. Mi padre, el hombre que una vez había sido mi héroe, ahora era un extraño.

"Paul, ¿no quieres presentarnos?" Preguntó Rebecca, mirando a mi padre.

"Por supuesto", dijo, mirando a su alrededor con torpeza. "Entonces, esta es Rebecca, y esta es mi hija Lola, y..."

"Jason", intervino mi novio, su voz firme pero llena de tensión.

"Un amigo", agregué, mis palabras fueron duras.

Mi padre se rió nerviosamente. "Bueno, parece que me he perdido mucho". Su risa fue un poco forzada, pero rompió el hielo.

"Tienes un tipo realmente sensato", bromeó Rebecca, golpeando juguetonamente el brazo de mi padre.

"Ahora, no avergüences a la chica", añadió. "Ha venido hasta aquí para ver a su padre y ni siquiera la saludas adecuadamente".

Jason levantó una ceja. "Disculpe, pero ¿le contó lo que le hizo a Lola?"

Mi padre suspiró profundamente y, por primera vez, vi el peso del arrepentimiento en sus ojos. "Sí, lo he hecho. Le conté todo. Y lo siento mucho. Maldigo el día que comencé a beber. Me arrepiento cada día de haberla lastimado".

Rebecca le dio unas palmaditas suaves en el brazo y luego se levantó. "Voy a prepararnos un poco de té".

Los ojos de mi padre encontraron los míos nuevamente. "¿Puedes perdonarme, Lola?"

Apreté la mano de Jason, mi mente corriendo con recuerdos del pasado: del dolor, las cicatrices, la confianza destrozada. Quería perdonarlo, de verdad lo hice. ¿Pero podría? ¿Podría dejar ir todo el dolor?

"No lo sé", susurré, mi voz llena de emoción. "Realmente no lo sé, papá. Quiero perdonarte, de verdad. Pero no puedo simplemente olvidarlo todo".

"Lo entiendo, Lola", dijo en voz baja. "Quiero intentar hacer todo bien otra vez. Para que tu chico no tenga que mirarme como si estuviera a punto de atacarlo".

No pude evitarlo: me reí, una mezcla de alivio y tristeza me invadió.

Cuando Rebecca regresó con el té, yo estaba en los brazos de mi padre. No fue un perdón que llegó en un momento, sino en la calidez de su abrazo, en el destello del hombre que solía ser. No podía perdonarlo todo, todavía no, pero fue un comienzo. Un comienzo largo y difícil, pero un comienzo al fin y al cabo.

Y todo parece terminar bien

Fue realmente reconfortante pasar este tiempo con mi padre. Compartimos tantas conversaciones, algunas ligeras, otras profundas e incluso risas. Durante todo el proceso, Jason nunca soltó mi mano, su toque era un consuelo constante. Así es como siempre imaginé un hogar: un lugar de comodidad y risas, un padre que hace las mismas preguntas molestas de siempre sobre "novios" y "relaciones", y una madre que sonríe con calidez y cuidado. El tipo de hogar donde te sientes seguro, feliz y amado.

"Deberías regresar a casa, despacio, Lola. Probablemente tu madre te esté esperando".

"Ya estoy en casa", respondí, con una suave sonrisa tirando de mis labios.

Mi padre suspiró, una mirada de preocupación cruzó por su rostro. "Me alegra mucho que pienses eso, pero recuerda, tu madre sigue siendo tu tutora legal".

"Lo sé."

"Vamos."

Jason tiró suavemente de mí hacia la puerta. "Muchas gracias por el té y por darnos una bienvenida tan cálida", le dijo a Rebecca, quien sonrió y asintió.

"No hay ningún problema. Ustedes dos siempre son bienvenidos", respondió Rebecca con una sonrisa sincera y amable.

Salimos de la casa y el camino de regreso se llenó de silencio. El cielo se había oscurecido cuando llegamos a mi casa. Mientras estacionaba mi bicicleta en el camino de entrada, Jason se inclinó para besarme antes de continuar su camino. Mi madre no estaba en casa cuando entré y encontré una extraña sensación de paz en eso. Me senté a la mesa de la cocina, la silla de madera crujió debajo de mí mientras me sentaba, contemplando. ¿Qué se suponía que debía hacer ahora? La idea de preguntarle a mi padre si podía vivir con él permaneció en mi mente, pero no quería ser una carga para él ni para Rebecca. Sentí que la tensión de todo esto empezaba a pesarme.

Entonces escuché el inconfundible sonido de unas llaves tintineando seguido de un gemido. Mi madre entró, arrastrando sus pasos como si el peso del mundo estuviera sobre ella. Entró a trompicones en la cocina y se desplomó en la silla frente a mí. Parecía un desastre: el rímel corrido, el lápiz labial torcido, el pelo enredado y una gran mancha en la blusa que llevaba el inconfundible olor a alcohol.

"¿Estabas con él?" preguntó, con la voz temblorosa.

"Sí", respondí sin dudarlo, observando su apariencia desaliñada.

Cogió una botella de vino casi vacía que había sobre la mesa y el vino restante chapoteaba en su interior. "¿Entonces?"

Le arrebaté la botella, sosteniéndola firmemente. "Basta. Esto... esto es lo que rompió a nuestra familia".

Ella me lanzó una mirada, con los ojos muy abiertos por el pánico. "¡N-no! ¡Él... él es el indicado! ¡Todo fue culpa suya!"

Sacudí la cabeza lentamente, sintiendo una tristeza inexplicable por ella. "No, mamá. No fue solo él. Fueron ustedes dos. Pero papá aprendió de sus errores. Se puso sobrio. Incluso conoció a Rebecca. Pero tú..."

"No... no, yo no..."

"Nunca hiciste nada para cambiar. Ni siquiera lo intentaste. ¿Cómo es eso, mamá?

Mis palabras cortaban el silencio de una manera que parecía casi incorrecta, pero necesaria. La mujer que tenía delante me pareció de repente tan frágil, como si los años de desilusión y abandono la hubieran envejecido más allá de su edad. Se cubrió la cara con las manos y sus hombros temblaban con sollozos silenciosos.

"Nunca... nunca quise volver a ser una víctima. Lo entiendes, ¿no? Yo... tenía miedo..."

"Sólo estabas pensando en ti mismo", respondí con voz firme.

"Sí... sí, lo admito, Lola. Fui egoísta", dijo entre lágrimas y con la voz quebrada.

Me levanté, mi mirada fija en ella mientras respiraba lentamente. Por un momento pensé en ofrecerle algo de consuelo, algo de amabilidad, pero no pude. No ahora mismo. No después de todo.

"Me quedaré aquí hasta que cumpla 18 años", dije con firmeza. "Entonces me iré".

Mientras me dirigía hacia la puerta, ella me agarró del brazo, su agarre era débil pero desesperado. "¡No me dejes!"

Suavemente, pero con firmeza, me aparté. "Tengo que hacerlo, mamá. No puedo seguir haciendo esto. Tengo que descubrir qué es lo mejor para mí".

Salí de la habitación, con la botella de vino todavía en la mano, mientras me alejaba de la mujer que se suponía era mi protectora. No fue mi culpa que ella fuera así, pero eso no lo hizo más fácil. Nunca conocías realmente a alguien hasta que lo veías en su punto más bajo, y ver a mi madre así, rota, indefensa, era casi más de lo que podía soportar.

Las vacaciones de verano llegaron en pleno apogeo, el sol caía con un calor implacable, pero lo único en lo que podía pensar era en el próximo viaje. Finalmente iba a ir a Italia con mi padre, Rebecca y Jason. Dos semanas de sol, playas y, con suerte, curación. No fueron sólo unas vacaciones; Fue una oportunidad para conocernos mejor, reconectarnos y recuperar todo el tiempo perdido.

"¡Vamos! ¡Quiero irme ahora! Insté, la emoción burbujeaba en mi pecho mientras tiraba de la mano de Jason. Él se rió, apretando mi mano con más fuerza mientras respondía con igual entusiasmo.

Mi padre terminó de hacer los arreglos finales con mi madre y luego se dirigió hacia el auto. "¡Muy bien, hora de salida!" dijo con una sonrisa.

Dejé escapar un grito exagerado de alegría, imitando el tono emocionado de su voz mientras corría para unirme a él. En el momento en que estábamos todos en el auto, mi madre apareció nuevamente, caminando lentamente hacia nosotros.

"Diviértete, Lola. Cuídate", dijo con voz mucho más tranquila que antes. Estaba claro que había estado haciendo un esfuerzo por mejorar, aunque le pareciera demasiado poco y demasiado tarde. Incluso había aceptado las vacaciones, lo que era una señal de cierto progreso.

Le saludé rápidamente con la mano mientras nos alejábamos, dejándola a ella y a la casa detrás de nosotros. Fue un momento simbólico, en el que sentí el peso de todo lo que había sucedido entre nosotros y, sin embargo, también hubo una sensación de liberación.

Jason, sentado a mi lado, deslizó su brazo alrededor de mis hombros, acercándome. Me besó suavemente en la frente y su calidez me brindó un consuelo que no sabía que necesitaba. "¡Oigan, ustedes dos allá atrás! ¡Guárdalo para tu habitación de hotel más tarde! La voz de mi padre rompió la atmósfera juguetona, con una sonrisa traviesa en su rostro mientras miraba por el espejo retrovisor.

"¡Entonces no mires!" Respondí con una sonrisa descarada, sacando la lengua. Jason me revolvió el pelo, riéndose de mis payasadas.

La vida avanzaba, lenta pero seguramente. Y tal vez, sólo tal vez, este viaje nos ayude a encontrar el camino nuevamente.

EL FIN

Por Jessica Hintz

www.ingramcontent.com/pod-product-compliance
Ingram Content Group UK Ltd.
Pitfield, Milton Keynes, MK11 3LW, UK
UKHW042211291224
452836UK00001B/20